2018年

中国

诗歌

排行榜

邱华栋　周瑟瑟　主编

百花洲文艺出版社
BAIHUAZHOU LITERATURE AND ART PRESS

图书在版编目（CIP）数据

2018年中国诗歌排行榜 / 邱华栋, 周瑟瑟主编. ——
南昌：百花洲文艺出版社, 2019.1
ISBN 978-7-5500-3123-4

Ⅰ.①2… Ⅱ.①邱…②周… Ⅲ.①诗集 – 中国 – 当
代 Ⅳ.①I227

中国版本图书馆CIP数据核字(2018)第260639号

2018年中国诗歌排行榜

邱华栋　周瑟瑟　主编

出 版 人	姚雪雪
责任编辑	游灵通　朱　强
书籍设计	方　方
制　　作	周璐敏
出版发行	百花洲文艺出版社
社　　址	南昌市红谷滩新区世贸路898号博能中心20楼
邮　　编	330038
经　　销	全国新华书店
印　　刷	江西千叶彩印有限公司
开　　本	850mm×1168mm 1/16　　印张 21.5
版　　次	2019年1月第1版第1次印刷
字　　数	300千字
书　　号	ISBN 978-7-5500-3123-4
定　　价	43.50元

赣版权登字　05-2018-495

邮购联系　0791-86895108
网　　址　http://www.bhzwy.com
图书若有印装错误，影响阅读，可向承印厂联系调换。

目　录

第九辑　2018年度独立诗人

第十辑　2018年度艺术家诗人

第十一辑　2018年度翻译家诗人

第十二辑　2018年度批评家诗人

第十三辑　2018年度小说家诗人

第十四辑　2018年度台港澳及海外诗人

第十五辑　2018年度诗人诗选

答枕边人，兼致新年

张执浩

唯一的奇迹是身逢盛世

尚能恪守乱世之心

唯一的奖赏是

你还能出现在我的梦中

尽管是旧梦重温

长夜漫漫，肉体积攒的温暖

在不经意间传递

唯一的遗憾是，再也不能像恋人

那样盲目而混乱地生活

只能屈从于命运的蛮力

各自撕扯自己

再将这些生活的碎片拼凑成

一床百衲被

唯一的安慰是我们

并非天天活在雾霾中

太阳总会出来

像久别重逢的孩子

而我们被时光易容过的脸

变化再大，依然保留了

羞怯，和怜惜

求　索

伊　沙

我记得那是在1999年

20世纪最后一年

旅美女诗人马兰

与其美国丈夫

一位耶鲁教授

访问长安

在小雁塔

香雪海茶馆

我们有过一次欢聚

教授中国文学的

耶鲁教授的一个观点

让我眼前一亮

心有同感

又思考多年——

他说："在五四时代

为什么留日这一支作家
是最厉害的？"

今天，我终于来到了日本
带着这个问题
穿行在本州岛的山海之间
让我再想想
让我多想想
而不急于给出答案
在这里
究竟是什么
让他们成为
埋头苦干的人
拼命硬干的人
舍身求法的人
为民请命的人
成为现代中国的国魂

祭日狂欢

沈浩波

每到一个著名诗人或作家的祭日
那个已经死掉的家伙就会兴奋得像
出版了一本新书一样
从坟墓里跳出来
挥舞双手宣传自己

倾听哗哗如春雨的掌声

过瘾极了

过不了几天

疲劳地重新沉入死亡

这是不是有点儿可笑？

我问自己

如果几十年后轮到我的祭日

而我竟享受不了这个待遇

会不会心有不甘

在坟墓里气得磨牙？

还　好

徐　江

看着窗外东京夜色里

无限连绵的灯火

在想村上春树谢绝交际

闷头写作的这几十年

还好

我在天津也是这么度过的

虽然夜色的浓度更深了一些

但华彩掠过心头的狂喜也更强烈了些

一列轻轨列车在窗下开过去

我试着从镜子里反向辨认这座城市

下一趟车又来了

深刻的故事

杨 黎

兔子，突然变成一只猫
溜进小田的家
它不吃猫粮，只吃
小田家厨房里
放着的蔬菜，特别是
胡萝卜。小田的
老婆对小田说：咱们家的猫
为什么喜欢吃胡萝卜
这是一个谜
也是一个很深刻的故事

争 吵

朵 渔

刚刚，世界发生了一场争吵
他狠狠地揍，她痛苦地咬
某种绝望的极乐在他体内滋生
而她自身携带着一个地狱和天堂
那是她肉体发育出的天性
一个永恒的困境

就像在大吵之后
爱又天使般重临
只是在这场激烈的争吵中
根本就不存在思想
那痛苦的吻，一对焦唇
满是命运的沟壑

世界诗人日

臧　棣

十天前，我梦见我是一头牛，
血污从犄角上滴下，而渐渐消失在
草丛中的狮子已腿脚不稳。
起落频繁时，秃鹫也不像禽鸟，
反倒像沙盘上的单色旗。
回到镜子前，人形的复原中，
感觉的背叛已胜过意志的较量。
五天前，我梦见我是一只蝴蝶，
世界已轻如蚕蛹。甚至牵连到
太阳也是一只发光的虫子。
人生如绿叶，凋谢不过是一种现象，
并不比思想的压力更负面。
三天前，我梦见我是一片沙土；
我咀嚼什么，什么就会以你为根须，
柔软中带着韧劲，刺向生命的黑暗，
以至于原始的紧张越来越像

完美的代价。昨天，我梦见我是
一块磨刀石，逼真得像老一套
也会走神。春夜刚刚被迟到的
三月雪洗过；说起来有点反常，
但置身其中，安静精确如友谊；
甚至流血的月亮也很纯粹，
只剩下幽暗对悬崖的忠诚。

菩提树

李元胜

它照顾着一座空山的寂静
一边接纳我，一边安抚被我打扰的一切
其实我来了，山也仍然空着
万物终会重归寂静
两种寂静的差异
让它结出了新的菩提

在圣地亚哥一家聂鲁达住过的小旅馆读聂鲁达

于　坚

2013年　中国　诗歌排行榜

黄色走廊尽头安放着紫色的椭圆镜
看上去　这趟旅行有些淫邪　是否
依然正人君子　有点儿　不确定
黑暗故事的设计师有一张月光桌面
它写道　她住在一楼　左手第三间
她的声音像是一把穿着睡衣的锥子
聂鲁达一来　苹果就纷纷起床
太多的镜子令我害怕　在卫生间里
在壁橱表面　在楼梯角　在第98页
一群目光灰暗的幽灵　都见过谁?
那些神秘的毒枭　也是提着箱子来
提着箱子走　没有钥匙了　老板
对一位脸色苍白的先生说　秋天的床
你得预订　我喜欢坐在庭院的棕榈树下
喝一杯热咖啡　这阴影适合读《二十首
情诗和一支绝望的歌》　每个住客都读过
比未读更孤独　更痛恨那些海滩　那些苔藓
他不仅睡在这里　他发明的那些深刻而昂贵
的艳遇　也到他为止　油漆干瘪　踢脚线开裂
地毯上污点斑斑　他的外套好宽阔　卷走了
火山　"我们甚至遗失了暮色"　街道上
看不见狮子　那个秋天雨很轻　我在12点
之前退房　有架密封着窗子的飞机在跑道上等我

和我一起长大的山
——访周口店眺望西山有感

杨　炼

那条山脊线藏着我所有的故事

那一抹绿　渗出石缝　勾勒

年龄的刻度　我重重叠叠的天边

被一粒小小的石英眼珠盯着

压平如一片鱼化石薄薄的叶子

消失的酸枣丛漫过石板瓦的足迹

领着大海　山猫似的纵身一跃

那么多海浪　满溢着榛子味儿

那滴海水　像枚最早成熟的樱桃

在我肉里种下开了又谢的沧桑

走得再远也走不出一阵蝉声

我的西山等在这儿　浸透我

白天黑夜储蓄的荧光　山脊的延长线

砸着梦　每粒石子都在找回家的路

经过太子峪　二姨的乡音叩着墓碑①

经过黄栌村　岁岁红叶也是踏月归的

陆健兄　干　插队回眸时山的紫色

已泅入酒意　延滨兄　云那边

苦味的水土有干妈护着多好啊

苦娃般用一切方向长入天空的诗

才是好诗　吭着我的今夜　永远

天边重叠就像折叠进这里

嶙峋的内涵　每一步都埋在山中

和我一起长大的是这道碧涛

从未停止拍打海上的眺望

我无须还乡　因为我从未离开

小小的命注定第一场雪下到了最后

不多不少裸出这个海拔　火石一敲

心里的洁白——再造我的亲人

① 前往周口店的路上，经过太子峪公墓，是我老保姆"二姨"埋葬之处。

汨罗屈子祠

欧阳江河

魂兮墨兮　一片水在天的稻花

大地的农作物长到人身上

一国的黑风衣中有一只白袖子

有人衣冷　有人内热　有人坐忘山鬼

而抱坐在大轮回上的众生相

以万有皆空转动惊天的大圆满

破鬼胆　如昆虫变蝶

多变了一会儿　也没变出一个突变

但足以变得一小天下

人的孤注下下去

必有神的生死

屈子沉水　神在水底憋气

但天问是问童子　还是问先生？

天注一怒　降下大雨和大神咒

有什么被深深憋回了黑土地

硬憋着　也不浮出水面透气

也不和漏网的鱼换肺

也不把鱼吃掉的声音说给人听

起风了　老宅子哗啦哗啦　往下掉鱼鳞

老椅子嘎吱嘎吱　坐在阴阳之界

狂风把万人灰的楚王骨头

挖出来吹　往地方戏的脸谱上吹

地方债若非哗哗流淌的真金白银

国殇又岂是迷花事君的大神秘

一碗米饭

王家新

在平昌
中午，一碗米饭
傍晚，米饭一碗

有时配上大酱汤
有时配上一碟泡菜

或是一碟小鱼
或是几片油渍芝麻叶

而我不得不学着盘腿而坐
我的低矮餐桌
我的乌木酱碗

我也从来没有像现在这样
注视着一件事物

我的筷子在感恩
我的喉结蠕动

我必然的前生
一碗米饭
我偶然的来世
一碗米饭

我在远方的托钵僧
一碗米饭
我的囚牢里的兄弟
一碗米饭

似乎我们一生的辛劳
就为了接近这一碗米饭

碗空了
碗在

我的旅途，我的雨夜
我的绿与黄
我的三千里阳光
在这里
化为了一碗米饭

天

柏　桦

万斛凉风，说的是东方吗？
天！男子出门便树敌七人。

天，预示恶兆，马已知晓。
天，老子淡若海，女子淡若豹

天，蓝得肯定，张爱玲
天，蓝得信你，李亚伟

天，蓝过来了，顾城！
"知了有棺材的味道"？

天！仙鹤身上竟佩有诗笺
天！因为女演员戴着领章

天，唯有冬天使人年轻，
天，唯有新年始于元旦。

面 具

胡 弦

——只有面具留了下来，后面
已是永恒的虚空。
"以面具为界，时光分为两种：一种
认领万物；另一种，
和面具同在，无始无终。"

回声在周围沸腾，只有面具沉默。
现在，对面具的猜测，
是我们生活的主要内容。
有人拿起面具戴上，仿佛面具后面
一个空缺需要填补。而面具早已在
别的脸上找到自己的脸。面具后面那无法
破译的黑夜，谁出现在那里，
谁就会在瞬间瓦解。
——只有面具是结局，且从不怀念。

"面具的有效，在于它的面无表情。"
扣好面具的人，是提前来到
自己后世的人。那可怕的时刻，
脑袋在，只是无法再摸到自己的脸。
——他曾匹马向前，狰狞面具
使恐惧出现在对手脸上……
当他归来，面具卸在一边，他的脸
仍需要表情的重新认领。
一种平静的忘却被留在远方。人，

这个深谙面具秘密的人，仿佛
着了魔，并听到了冥冥中传来的召唤。

"为何总是要重新开始？"如同
向另一个自我探询。说完，
他再次戴上面具，
出现在莫须有的描述中。

张大千看画

唐　欣

1951年秋天某日　台湾台中雾峰
山中的北沟　临时的"故宫博物院"
迎来了一位特别的客人张爰
他要来欣赏这里的国宝古画
庄慕陵院长和同事都很高兴
他们殷勤地拿出珍贵的卷轴
大千居士看画的速度令人吃惊
每一幅作品刚一打开　他就让卷起
只是过目一下而已　陪同的台静农
问他何以如此之快　答曰这些名迹
原本都是烂熟于心　这次像是访问
老友　有的个别地方模糊了　现在来
温习一下就好　晚饭后大师当场挥洒
边说笑边运笔　一气画了二十多幅
分赠在场各位　大家全都给吓坏了

怪不得大千先生的仿古画几可乱真
大千先生本人就堪称一位古人啊

捉迷藏

汤养宗

后来。我从那个大木箱里爬出来
我的父母死了
房子变成了别人的房子
寻找我的小伙伴，都已经儿孙绕膝
我是他们的失踪者，他们也是我的失踪者
一下子就有了今昔
有了不容分辨
万物自顾自地鸟兽散
差一点哭出来的是，他们还记得我的名字

星 星

海 菁

我很多时候

脚疼的时候

都有像星星的感觉

一闪一闪

巨 人

铁 头

我在这个家里

比妈妈高

比爸爸高

比奶奶高

比姥姥高

像一个巨人

我宣布

必须按照巨人的方式生活

吃的东西要很多

脾气很暴躁

要大喊大叫

让世界都能听到

这就是大家

为什么讨厌巨人的原因

有时候

我羞愧我是个巨人

2013年 中国诗歌排行榜

回　收

姜二嫚

一辆回收旧彩电
旧冰箱
旧洗衣机
旧电脑
的三轮车
车主躺在里面
睡了
好像回收了自己

相　册

姜馨贺

翻开第一页
是爷爷和奶奶
再翻就是
年轻的爸爸
学生一样的妈妈
再翻
就出现了我
再翻
爷爷不见了

如 果

江　睿

妈妈问我
如果妈妈病死了
你怎么办?
我都还没长大
你怎么可能死呢?
都说好了你要照顾我到大
我来养你老的
怎么老是要变卦呢?

老 狗

茗　芝

同学家养了一只狗
活了20多年
身体挺健康的
但不知道为啥
带它去海边玩时
它突然冲到海里
没有再出来

木与火

李泽慧

1

火光微弱
火焰拼命睁眼
为了寻找树木

2

树木结冰
树木无助监视
防止火焰侵袭

3

冬天过去
树木不见踪影
当年的树已成书籍
收藏于火炉顶

涑水河

张心馨

和奶奶经过涑水河
奶奶说
你爸就是我从河槽里捞来的
我皱着鼻子
怪不得
妈妈老说爸爸
臭

银杏树

游若昕

在百花潭公园的
北门
有一棵
银杏树
下面的资料
显示
银杏有上千年的
历史
爸爸说

没有人

能活上千年

我反驳

谁说的

李白

就活了

上千年

换人生

李小溪

妈妈

人生能不能换一个?

能不能小时候老

长大了不老?

遮挡

杨　渡

公园长椅上
他在睡觉

太阳升起了
阳光爬上了他那双磨损得厉害的皮鞋
接着爬上他的小腿，他的大腿
再慢慢爬上他的肚子
而眨眼间又爬到他的树皮般的脸上

他一皱眉
从身子下抽出旧报纸
盖在了脸上

蟋　蟀

彭　果

蟋蟀
喜欢唱歌
但是它
讨厌被别人

围住

你们围着它
它就会发出
悲哀的声音

寓言家

郎荻咫

他们回到故乡时
老房子不在了
他们会很伤心
他们会很忧伤
他们决定
再建一个新的
老房子

乌　鸦

冉航宇

乌鸦的翅膀，被天空笼罩着
金色，只是听说罢了
冬眠的何首乌将脑袋伸出窗外：他病了
他还能活多久？

直到地面开始颤抖
直到风都被撞得四分五裂
直到天空渐渐变为金色

好像翅膀不再成为累赘
好像不需要振翅就能飞翔
一切的一切都不再重要

终于，乌鸦永久地睡去了
带着天空中那一抹灿烂的金色，满怀的美好
如昙花一现般，死了

2013年 中国 诗歌排行榜

2018年度"90后"诗人

愿　望

李柳杨

找一个新的地球住下吧
那个地方不举行葬礼
我们像草一样躺下
又像月亮一样升起

无　题

吴雨伦

四十度的太阳下
一个看上去有些苍老的工人
提着三大桶
康师傅冰红茶
从超市里走出
走向他的工地
一个将近两百米高　正在施工的大楼
表面插满深色的钢管

可以想见
一种别样的生活
当他回到自己两百米之上的岗位时
坐在横空的
滚烫的钢管上
打开瓶盖
而
无意间洒出的康师傅
和汗水交融
晶莹的水珠倾斜而下
迸溅在整座城市的上空

骏 马

祁连山

你见过马的眼睛吗
我见过
我看着它
摸了摸它的头
和后脊上的鬃毛

它伫立在大地上
直视前方
我跳起来　翻越到它的身上
勒起缰绳
摇晃中蹬住马镫
马儿扬起头飞奔了起来
渐渐地
我压低着重心
趴低在它的身上
我们一起跑着
马鬃拂过我的手臂

我觉得它如我
一同快乐

干净的地方有什么

灰　狗

我要去一个干净的地方
那里有干净的食物干净的河流
干净的袜子，干净的牙齿
干干净净的女人碰巧还能碰到
干净的灵魂。但我要灵魂做什么？
我要去一个干净的地方
那个地方最好
干净得什么都没有

梵高：割耳之谜

马文秀

在泰晤士河畔的小村子
梵高信中的女人弹过的簧风琴
妖娆或华贵在素描中难以知晓
爱情，一场内心的较量与修行
越走越宽的路径，也最孤独
而这种孤独注定一个人走到底
梵高割下耳朵，送给漂亮的妓女拉谢尔
高更愤然离去

而他只是缩影里的一只狐狸

尖酸、刻薄、偏执、傲慢，却在颜料中慈祥无比

仰起脸，望出疲惫。

梵高说：红色、蓝色，或者更鲜艳的颜色

能妆点情绪。

蜿蜒而上，不停思索

在一切可能的路径中生长

将寂静翻出波澜

足以喂饱一匹马，让它去流浪、飞奔。

画下胸腔内的风景，在骨骼间蹿动。

山谷遇雨

苏笑嫣

一场雨阻挡了我们的去路

一些词语明亮的部分被挑在草尖

山川和树木毛茸茸地绿着

一株咖啡树生长、吮吸、战栗

洗亮青红相间的饱满籽粒

咀嚼一颗咖啡豆从春到夏的过程

将苦涩慢慢咽下去

小径落叶密布　植物的心幽深、疼痛

但是醒着　多么的令人心颤

要有怎样的宽容　才能允许所有的付出

和挺过的苦难　到最后竟都是失去
一朵花是否只要有了果实的心
就变得眼含热泪又无所畏惧

活着　就是对一场场猝不及防的经历
比如这突如其来，如倾如注，又漫不经心的
热带的雨
使我在发呆亭里发呆的雨
让时辰更为明亮的雨

发光的暗淡

田凌云

不一定每个女子都有耳洞
不一定每个耳洞都有发光的银钉
不一定每个发光的银钉下都铺满暗淡的小路

它四瓣，幸运。但是能不能带来幸运呢？
前夜，它带来了血，昨夜，带来了酸痛
今夜，它还在用沉默蓄力，将带来的东西

我多么恐惧啊，这被我精心隐藏的事物
在一场耳钉的照耀下，毫无准备地
曝光

鸟　鸣

安羯娜

鸟鸣声穿过树林里的空荡，就像
水里的鱼看到满湖静水，望眼欲穿。
此时，
就应该坐在一块石头上，与树荫一起
摒弃身体里的杂草丛生，远离
一切无休止的生长与腐烂。
更需要持鸟笼，囚禁自己
最好可以让肉身渗出滴泉，从而打开通向
体外的门，
心门的泉眼就辽阔了。

苹　果

王威洋

高考放榜后不久
我背着沉沉的画架
去杭州画画
准备复读
妈妈站在阳台上
偷望我

我没有回头就走了
深夜睡在铁皮车厢的过道上
有人跨过我的身体
我也不知道要画什么
一个烂掉的苹果
还是
深色的坛子
我梦见苹果掉进了坛子里
在列车上
摇摇晃晃的

肉

刘 汀

那些舞蹈着的肉体，既年轻
又美丽，滴着发光的水珠
旋转，大笑，放声痛哭

那些战争中的肉体，像案板上
待售的排骨、里脊、臀尖
血凝成一片又一片，不规则图案

在厨房，我高高举起菜刀
又轻轻放下，一块冻肉
再次死里逃生

救它的，是我手指甲上

女儿昨晚贴的指甲贴，一只粉红色的
小猪正在舞蹈，完全不知道世上
有肉，和吃肉的人这回事

伟大的结局

杨庆祥

灵魂从嘴里吐出来
灵魂不相信你会哭

不要生气啦
那些无用的肉体是错误

谁会在秋天不相信果实
喷了毒药的最好吃

这一天就是你的日子
这一枚鲜果也是

父母亲都已经死去了
接下来该是我们

不要哭不要哭
一个一个的灵魂走过树下

一个一个的果实灯笼在你的胸部

尼亚加拉瀑布

里　所

数以万计起舞的水姬
摆动洁白的双腿
在北方的烈日下
汗水淋漓飘洒
闪着炸药的光芒

一大群白马飞奔过来
临崖腾起前蹄
却因疾驰的惯性
纷纷坠落
嘶鸣声在谷底的深潭
慢慢合拢

尼亚加拉瀑布无始无终
如同上游的水神
忘了关上他巨大的龙头

奇峰烤肉

西毒何殇

我从奇峰手里接过
今晚的第三把烤肉
他搓了搓手
扯开一罐啤酒
放进通红的炭火里
我嚼着肉
装作不经意
和他聊起他弟
那个肉比他烤得更好
的弟弟
他说，嗨，死了
我从未因一口吃的
对某人念念不忘
我给他弟打手机
电话那头说
肺上有点毛病
正在西京医院住着呢
还不知道能不能回去
这都过去几年了
街角寒风如刀
如今一提起来
就有铁签子蹭过牙齿的声响

与朋友雪夜聊人生

阿 斐

我不想过晒娃和发朋友圈的人生
所以我写诗

我不想过雁过不留痕的人生
所以我写诗

我不想行尸走肉
所以我写诗

我的诗里有权杖
我的诗里有钱囊

我的诗里有引力波
我的诗里有暗物质

我的诗里有上帝
我的诗里有李四

夏 天

王东东

我的肩膀被一只动物踩了几下，
它瞅准时机降临世间
带来幸福的触摸
它踩到哪儿，哪儿就被赐福

在一张幸福的网里，我上升
正午燃烧起来，它露出麒麟的角
以幸福推动云彩
夜晚，群星在头顶闪耀，那是它的脚爪。

挖 土
——献给我的父亲，并致希尼

严 彬

我的父亲曾在门前挖土
为了挖出第二口池塘，让我们天天都有鱼吃

作为浏阳河的养子
我们一家五口都生活在这里
在我爷爷死的时候，他给我们传下这把锄头

挖土。一把挖出过老房子和旧陶罐的锄头
就在我家后院，父亲后来用陶锉和磨刀石磨它
这把时常闪着白光的锄头在房前屋后翻来覆去
比我的爷爷还要勤快，像是守着自己的坟和土地

后来我的父亲在门前又一次挖土
用黄泥块填平十五年前挖出的池塘
为了栽几棵外地树，为了想象的生活
那时我的爷爷已经死了，我的妈妈独自在门前久坐
父亲一个人在太阳下挖土，穿着我的衣服

是的我已经长大了
已经看出父亲挖土的实在与虚无
那些从地里长出来的鱼汇入最后一场大洪水
那些在太阳底下长出来的树重新遮住我们的窗子

但我们的向日葵和石榴树都不见了
在你也衰老的时候，爸爸
手术刀切开你的皮肤，大货车上一块红布染上外省的泥

它依然保佑了我们，爸爸。现在我们提醒你吞服护心片
请将那把乌青又发亮的锄头交给弟弟

童年真好

左 右

我问一个跟我学写诗的小学生
长大后的理想是什么

"我长大了
要和你一样
成为一个听不见声音的人"

父亲追随而来

李美贞

我在清晨离家回京
太阳已经出来了
照着地里的庄稼
它们绿色的叶片
像一个人的呼吸
我坐在车上
看到故乡向后退去
突然我看到
父亲骑着自行车
追随我而来

自行车高大

父亲显得有些吃力

他向我挥手

喊我的名字

但我听不清

他说了些什么

太阳晃得我眼睛生疼

也晃动着父亲

向后退去的身影

十年过去了

有一次梦中

父亲骑着自行车

还在向我呼喊

屠夫外传

黄　靠

我没法白描那位屠夫的脸色

只是如常人的微笑

没有一丝杀气隐藏

他从黑夜里出来，惊走蛙叫

田野里静悄悄的

村庄有狗频叫

我还是没有惊醒

天大亮，喝了几杯酒就回去了

连块肉也没有带走

他唱着几声杀戮的歌

卅年后，他是撞我母亲棺材的舅舅

一把鼻涕一把泪

明显比我更加肝肠寸断

炒 雪

戴潍娜

喜欢这样的一个天

白白地落进了我锅里

这雪你拿走，去院外好生翻炒

算给我备的嫁妆

铺在临终的床上

京城第一无用之人与最后一介儒生为邻

我爱的人就在他们中间

何不学学拿雄辩术捕鱼的尤维亚族

用不忠实，保持了自己的忠诚

这样，乱雪天里

我亦可爱着你的仇家

夜间游戏

苏丰雷

晚稻被汗水割倒、脱粒、
装载回仓之后，他们占领了
这片母腹般的田野。他们在
亮莹莹的月光中兴奋地追逐，
胡乱踩着清脆的稻茬、温柔的土地。
他们又躲猫，在草垛的阴影里，
在田埂边和田沟里，
匍匐或深蹲，隐藏着，呼吸让人发毛的
暗色空气，在那角落里一边紧张
又一边激动。
天地之间只有他们不安分。
此刻的他感受到
天地用袋状的眼把他兜着打量，
而他尽管害怕，
但还是无畏地面对着，
汲着属于自己的快乐！
是啊，无边无际的快乐
从半透明的玻璃球世界
泌了出来，或者说，是他们
用自己的贪心
把快乐从一个密封的黑色皮囊里
汲了出来，
要是白天这么做
他们还觉得不过瘾呢。

母　亲

纳　兰

母亲。一所房子。

我的暂居之地。避难所。

一件只穿一次，就再也不合身的衣裳。

一生只有一次，在母腹的河流中，漂浮如一片树叶。

一生只有300天，我与此世界隔着一个人的距离。

我诞生的时候，

一颗心被掰开了一半。

她曾像一座寺院一样，而我是她体内的钟声。

背负母亲的时候，我成了蜗牛。

像蜗牛一样背着自己的房子，不离不弃。

倦鸟知还时，

大地是另一个鸟巢。另一件恒久的衣裳。

母亲留给我的精神财富

大　九

每次下雪

母亲都会把我家屋旁

一条几乎没人走的小路

也扫干净

好像她早就知道
许多年后
我梦里经常会去
一条
雪后
被扫得干干净净的小路上
散步

没那么疼了

马德刚

小时候
身上哪里破了
流血了
随便抓一把黄土
撒在伤口处
在太阳底下晒晒
或者用嘴巴使劲吹吹
血很快便止住
也就没那么疼了
外婆去世后
被埋在向阳的小山坡
足有三米深
乡亲们拿着铁锹
你一锹我一锹
一直填上来

仿佛一道很深的伤口
被黄土层层掩盖后
亲人们也就
没那么疼了

白色孔雀

蒋志武

各种颜色的孔雀在园里嬉闹，追逐
我第一眼就看上了白孔雀
它在园子的一角，尾巴搭在一块石头上
身上羽毛没有展开，像一块被人托起的白色绒布
只有头上竖起的几根羽毛泛着光
这是一种暗示和风度

当白孔雀将完整的羽毛留在身上
并在它骄傲的时候打开细密的羽毛
我试图还原孔雀被包裹的肉身具有何种颜色
一种东西如果持续被掩盖，就可能成为
伪艺术品，我已期待在人生中
看一次白色孔雀正确的开屏方式

如果一切都变成虚无，那么一切都是重复
万物假设以被修饰的状态出现
在孔雀园，这些翠绿、青蓝、紫褐的孔雀
成长的迹象就会被辨识，而这只白色孔雀

简单的白色勾起了我对颜色的欲望

白色，或许就是我终生的玫瑰

和奔腾的尘埃

拙　雪

白　木

三千大盐

推动蜂体，催动峡谷

雪晴雪未鸣

那长河的苦，融化大海

疲倦伤身

赵目珍

疲倦伤身。车过上水径的时候，我突然意识到

这个问题。这让人陷于巨大的矛盾纠缠。

可是无法避免。于是，情绪像野草蔓延，

枯萎的比喻接近笼罩，虚无的意义趋于繁复。

如果有些事物现在还可以一见，不妨骑上你的
野马去瞅瞅。最起码，旅途中有难以预见的
秘密，现实中的梦境，总是完美的。如此一来，
我们似乎消除些疲倦。因为我们偷窥了

大地的隐私。可事实并非如此。短暂性的满足，
并不能阻止欲望的再次降临。欲望是我们
潜在的捉刀人。当疲倦的内心忘记了对话，
一切的欲望都是含蓄的。从此我们将困居沙城

更行书·虚构

田晓隐

交出自己
虚构一个情人，在漫漫长夜
缝补一盏孤灯
劈开的裂缝
而虚构的情人耽于夜深沉
在赴约的路上遭遇另一个人的失眠
失眠的人在烟圈中
虚构一个弹孔
弹孔中的江山
山峦起伏，河水暴涨
而江山大不过一张双人床
此夜
他在虚构中称王，对自己顶礼膜拜

手 术

黍不语

我看着她走进那个房间
躺在床上，等着药水和刀。
犹如我看着她自出生
躺在这个世界上。
她年轻的身体那么漂亮
让人想象不到腐烂
也在内部发生。
我们一只手连着
对眼前的一切，充满无知的顺从。
当刀子划开她年轻的身体
割下那些腐肉，
她绝望的叫声像
被整个世界狠狠抛弃。
而另一头的我，头晕目眩
冷汗淋漓，
仿佛古老山体在洪水中摇动。才发现
在最原始的血肉面前我们
竟有如此鲜活的恐惧，如此本能的抵抗。
那恐惧如此珍贵
等同于记忆。
而抵抗带来生活。

宝 座

李建春

在冬的枯竭中聚敛爱情
是渴望被爱而不是有余
我爱过的，我已尽量给予
如今两手空空，什么也不能

晨鸟经过一秋，胸脯饱满
而欢唱：茫茫大地真干净
十二金钗中只有林黛玉
吐血而亡，因为她爱的与她无分

那些远嫁的，淑非其人的
各自离开树林，贾宝玉就爱上空
而出家，雪地上的脚印

越走越浅，这是他的宿命

我该怎么对远方的你说？
是愿意悟道还是愿意你？
水落石出。单剩一个身体
硬邦邦，丰富是拒绝的丰富

空气从四周环抱。本来的在
成为风，吹出眼泪我喜欢
我犯过错误，也悔过错误
现在我又反悔，呼唤那一刻

错误不再发生而我坐在冬天
深深地怀念渴望你的年轻
伸手抚摸落叶掉剩的枯枝
这是你的宝座谁也不敢坐上去

寂静是一个不规则的球体

路　云

寂静是一个不规则的球体，
你爬不上去，但可以从任一角度
滑下来，没有半点声响。
两只耳朵在这个时段防滑性能
陡增，我胆子大起来时，
能在黑暗中一句接一句唱个不停，

直到它们被某个规则，

卡住，同样听不到任何声响。

夜 归
南 人

一盏一盏

依次打开

每个房间的灯

那些在黑暗中住着的灵魂

你一开灯就会顷刻间将它们

全都赶走

所以

开灯不能开得太快

好让那些灵魂

从容地

穿上隐形衣

并且

有尊严地离开

拳击与打架

马　非

所谓拳击比赛
不就是戴着棉手套
光明正大地打架吗
在这场游戏中
自然少不了
拉架的家伙
两者不同之处
仅仅在于
拳击胜利一方
是能获得奖金的
而在现实生活里
如果是我打赢了
回家只能得到
一顿胖揍
在小时候

春天无所有

大头鸭鸭

无非是阴晴不定
像一个人的忽热忽冷

无非是莺飞草长

荒蛮的地方更加蛮荒

春天无所有

花开花落

都身不由己

旧瓶添新酒

醉眼怼星空

无非是心底的嗡嗡声

春风吹又生

无非春水流啊流

而春天无所有

仇恨辞

刘 年

公牛冲向母狮,体内装着一吨多的仇恨

母狮双爪紧紧地抱着公牛的脖子

嘴对着公牛的嘴

深深的一吻,在草原的暮色里,持续了十多分钟

三小时后,仇恨被一头小狮子吮吸出来

洁白而清甜

梦回故乡

盛　兴

昨夜梦回故乡

和二婶、三婶对骂，一人迎战两个当地知名泼妇

文思泉涌，脏话如潮，瞬间将二人放倒

就家族那点破事，早就看透了三十年

二人倒地舒腿高声哭娘

这就算我完胜

早上醒来，嘴角仍有唾沫，心有大舒服

故乡了然于胸

也算给死去的妈出了一口恶气

牲口市场

刘　川

牲口市场

满都是人

讲价还价

用支付宝

用微信转账

或者现金

交易完毕

才看见牲口
被牵出人群
它们依旧
默默无语
低头前行
根本不在乎
身价之暴涨
在他们眼里
换了个主人
只是换了
一条鞭子

天真之诗
太　阿

京城出发，泰山之后黄山。
我不否认瞥见了人间乐园，
也不否认此世即尘世。
诗歌如田野，油菜花精妙的艺术
提醒曾经或即将满目疮痍。
我会像桃花发出甜美的声音，
甚至奏响流水交响乐，
时间以外的现实比时间的产物更神奇。
我看见了山，然后在山中忘了山。
孤身一人很难，难过梨花的雪
很快就会覆盖白墙黛瓦。

写在水上的名字依然欢乐，
一点不妨碍写这首严肃的天真之诗。
很多年前，我就放出了我的竹筏，
面向激流、漩涡、险滩。

白雁坑山中计划

阿　翔

我中过白云的陷阱。
如果再耐心一点，我还会再中
寒流的漩涡，就好像诗的砝码帮助我
从田园的记忆中夺回浩渺。

一时看不出白雁给我们生活
留下了坑，但是没关系，
身边的古道就是唯一例外，这本身
足够我不必顾虑私人时间。

香榧的成熟中有更多的果实，
听起来好像时间还有别的神秘启示。
无边的现实中也只有琴声显得
雾气缭绕，似乎残留古老的运气。

远处，群山融入蔚蓝的波浪，
隔着蜿蜒再一次置于盘旋的悬浮感。
有时，冬天仅凭原始的秘诀

熬过深渊，像是回敬湍急的分流。

在那里，我中过诗的陷阱，
也中过现场的埋伏。不必吃惊，
诗既是我们的奇迹，也是我们过于
迷信的接纳，从未错过群山的节日。

木匠的儿子

育　邦

人类在傍晚的时候
失去了一个形象
具体情形，已无从考证

木匠的儿子
为了摆脱木匠的命运
打造一具绞刑架
（哦，做成了十字架）
它升降，从不停歇
成为永恒的梦境
保留在我们贫瘠的记忆中

刽子手的胡须上沾满鲜血
维罗妮卡悄悄打开汗巾
寻找那唯一的形象——
没有眼睛

没有嘴巴

白鹿放归青崖
香客在芭蕉树下焚烧偶像
每一面镜子中
都看到了木匠的儿子
没有眼睛
没有嘴巴
我们隐讳地承认
人人都是木匠的儿子

有轨电车

李　皓

这个步履蹒跚的老人
穿一身旧式绿军装，固执地
走在自己的道路上

偶尔有花里胡哨的人，或者车辆
挡住了它的去路，它不动声色
只是用带电的拐杖指指天空

我们的城市，有太多
不知天高地厚的人。夜色里
它是唯一一个提灯的人

它在喊：天干物燥，小心火烛
它在喊：三更灯火五更鸡
我听见故乡的雪，悄然落在梆声上

写一首诗避暑

广　子

高温不是一下到来的
整个夏天，我像一只热锅上的蚂蚁
被烤得走投无路

我决定写一首诗避暑
在诗里，我可以写一片树荫抵挡烈日
写一阵风，驱散心头的怒火
如果不够，我还可以写一块冰
拔出汗液里的毒
写一服药，平复体内的虚热

我必须让肉身和灵魂的温度保持一致
如果炎热继续一浪高过一浪
我将重新修改这个夏天

但我拒绝写下空调吹来的冷气
在一首诗里，我可以用词语降温
自我散热，抵御酷暑的压迫

好诗自带光芒

蔡根谈

中秋夜，回乡村读《李太白全集》
听懂了一句鸟语：
太阳照耀不到的地方，明月会降临。

夜里开窗

林忠成

夜里，湖里的水悄悄上涨
不知想淹掉谁的心事
孩子打开窗
爸爸，他们往水里抬什么东西

夜里别开窗，别眺望远处群山
这会使一个人死得更辽阔
最好把心事倒在桌上，一粒粒数
然后又装回去

一滴水孕含在水果内，像一个发育中的宝宝
水会长大，涨得水果满脸通红时
它就能下树了，被各种各样的手传来传去

夜里，猛然推开窗
会看见许多不该看见的人间景象

解秋日饮马图

金黄的老虎

何必知道那是哪一个年头
我只认定那红衣的牧马人必定是我
我轻易嗅得到秋日的气息
自然就闻到了马匹的味道
也就听见了马蝇的翅羽声响
但后来，还是那一双奔向河流的骏马
让我最为欢欣和着迷

天色已暗下来
我放下画，回过神来
站在古老建筑的窗子后
向满墙藤蔓的庭院望了一会儿
回落到人与物最真实的关系里

既然已除开了那层喜悦
画就只是画
我也就只是我
拆解开来
它们统统都是黄昏里黯然的事物了

片瓦遮头记

弥赛亚

你有多久没坐过一列闷罐车了
你有没有看见
屋顶的瓦缝有棵草长了出来
当旧屋翻新，当慢车开来
爱过的人向你招手
就像窗户已关上，蜂窝煤还燃着
锅里的水就要烧开

所以别再逃了
哪有什么永恒之地
檐雨落了整夜，幸有片瓦遮头
我以为忘记了的都不曾发生
埋下的都是腐朽的丝绸
好吧，我承认地底会长出新的东西
这死神的馈赠
像我们扫墓归来，在路旁挖出的春笋

图书馆

陶 春

1

荒谬阅读
——福尔马林浸泡的夜。

2

从循环播放"人"类
陈旧故事
书架的另一端

你，将搭乘
遗忘之树的火苗，回家

3

途中，经过车轮
粗暴碾压的悬念
篡改掉自身
触角记忆的蜗牛
向精确
记录尘世得失的星空
伸长了
它，指鹿为马的天线

4

血
的基石之上

身首异处

真理
的玫瑰

已，无梗可栖。

5

俯身向
杂草
丛生的台灯中心

纷纷
屈膝现金
或科学礼赞的耳朵

充耳不闻
——林中路
蜿蜒
跌宕生死的幽思
沉默在大地尽头无济的喟泣

可能有另一种生活

张建新

似乎总是在厘清自己
以此来表明自己在日常分野里
仍然保持的正常性
但越来越艰难，越来越
不愿说出那独一无二的不
以规避不解的责难
哦，这当然不能怪你们
我也说不清楚那到底是什么
像我梦到的指纹
还没找到应该属于哪一枚按钮
我甚至不期望能找到它
鸟儿从树枝上飞下来
光线里缠绕着某种看不见的神秘
我们可能更多是
在这种类似的神秘中活下去

雨中登南山

武靖东

冒着小雨

我上南山来

看翠峰下被霓虹割裂的古城

看那些恰似你我笔墨的云雾

在山河间放纵又放肆

你种的冬青树开着繁花

有着令人想入非非的乳白

想替你清理辣椒地里的蒿草

而它们早被乐于帮衬你的邻居

抢先一步连根拔掉

化成了满含能量的腐殖土

火辣如隔壁大嫂的太阳

还搭了把手

渊明兄啊你在南山上

吃的喝的都是我艳慕的

昨日医生提醒我禁酒并减少蛋白质的

摄入量我已经做到了

上山前我是一个肉食者

一下山我就变成了素食者

和当年的你一样我们彼此

像蝴蝶伴飞蝴蝶花枝护侍花枝水滴

滴入水滴

午 后

梦天岚

蚁群不再出现在向阳的斜坡。
早已翻过的泥土表层，
那些被浸泡过的菜根在散发腐烂的气味。

一场雨携带的河流正在变缓，
它拖着亮晶晶的印痕，犹同神迹。

我已渐老，要去很远的地方歌唱，
那里有我未曾见过的旷野和森林，
亡灵们总是在迎面吹来的风中守口如瓶。

而那棵被拦腰击断的树将重获新生，
它说它愿意成为我的拐杖舍弃众多的枝叶，
如同我愿意将余生浪迹在未卜的路途。

羊

谷　禾

羊在黑夜里吃草，青草的汁液

从它的嘴唇开始流淌

公羊，母羊，羔羊们，在黑夜里吃草

草从羊唇边疯长

蔓延开去，青草的汁液流淌成了

生生不息的草原，风吹草低

羊在草原深处隐现。羊的眼睛里

星光交织，像另一条闪烁的银河

风把荡漾的浪花和涟漪带远

这时候，牧羊人睡在野花丛中

手里攥紧的不是鞭子，而是一个见底的酒囊

对于羊来说，牧羊人是草的一部分

他的羊皮袄子，羊皮帽子，羊皮靴子

也和草原一起睡在野花丛中

湖水映出天空和雪山银子般的倒影

而季节并不停歇一会儿

秋天来了，鹰在天边集合，刀子的光芒

从牧羊人的眼底凛冽地抽出来

他隐入羊群，用粗糙的手掌

摸索羊的皮毛，测量羊皮下骨头的深度

刀子的寒光闪过，他分开羊皮和羊肉

早晨背着羊肉下山，黄昏反穿皮袄回家

留下的羊继续守着羊圈低头吃草

望向他的目光，湖水一样地纯净

沾在羊唇边的干草，一样有呛人的草原味道

伙伴们一天天减少，羊偶尔停下来

抬头看一眼落进栅栏的雪花

也有羊毛的洁白颜色，天越来越冷了

它们卧在雪上吃草，反刍，回忆

在被分成羊肉和羊皮之前，互相依偎着

仿佛一堆雪，依着更大的积雪

顿　悟

余笑忠

两只喜鹊在草地上觅食

当我路过那里时它们默默飞走了

无论我多么轻手轻脚，都不会有

自设的善意的舞台

退回到远观它们的那一刻
那时我想过：当它们不啼叫时
仿佛不再是喜鹊
只是羽毛凌乱的饿鸟

从什么时候开始，我已认定
喜鹊就应该有喜鹊的样子呢
从什么时候开始，我已假定
如果巫师被蛇咬了，就不再是巫师呢

这些疑问
随两只喜鹊顿悟般的振翅飞起
而释然了。有朝一日
我可能是不复鸣叫的
某只秋虫，刚填进它们的腹中

烈　日
吴少东

礼拜天下午，我进入丛林
看见一位园林工正在砍伐
一棵枯死的杨树。
每一斧子下去，都有
众多的黄叶震落。
每一斧子下去，都有

许多的光亮漏下。
最后一斧，杨树倾斜倒下
炙烈的阳光轰然砸在地上

三盟集：垂钓

刘洁岷

在小得我不记得
具体年龄的某年某天
我一个人拿着渔具跑到山中
池塘安静得有如可以舔一口的油画

鱼竿拉起了一团幽光，我惊觉
我是那天第一个醒来的人

代父吊唁

还叫悟空

父亲又一个人出去玩了，这次是青岛方向
弟弟有点不放心
说你这么大年纪了

没人照应怎么行

父亲说我身体好着呢

等到八十岁

我就不出去了

昨晚父亲打来电话

让我代他参加

一个老同事的葬礼

他还得过几天才能回来

我记得那人

长得高高瘦瘦

中分头

上衣口袋别一支钢笔

我上小学的时候

他接女儿放学回家

有几次捎带过我

我坐在自行车前梁上，小丫头坐在后座上

阳光灿烂的一天

剑　男

阳光灿烂的一天，黄昏时他突然悲从中来
不是因为太阳快要落山，也不是
因为在岔路口，也不是因为即将结束的明亮
也不是惧怕黑暗，也不是有什么事情
即将发生，也不是无所事事
也不是因为孤独，以及柳阴直、客倦他乡

仅仅是因为斜阳洒在金秋的大地上
使一切显得如此完美
他突然悲从中来

望着我

梦　也

望着我——这个多毛的怪物
曾被抽打——
在岩石边痛苦地脱去皮毛——

一路跑来
渐渐接近人形。

在人类中曾有过这样一个人
争吵，抗议，申辩，
……
摔倒，起来，再摔倒，
再起来……

如此者再三
最终变成一个模糊的身影

但他走过的路却慢慢变得清晰——
那上面的脚印有血迹
一点一点渗出来……

风继续吹

草 树

傍晚。火葬场的烟囱
升起了白烟
微风吹弯了它
我仿佛听见姑姑的身体
在缓缓关闭的炉门内哔啵作响

不是门扇嘎嘎作响
不是炉子里柴火呼呼燃烧
我想起那消逝的老屋
她坐门边，南风吹动微卷的长发
母燕归来引起燕巢一片喧嚣

星球仪

李志勇

作为星球，巨大、沉重是必须的。至少，当它碰到
我家门框时不会碎成一堆粉末，而是依然还能继续
按自己的速度旋转着，依然能运行在它的轨道上
我一个人，端着星球仪走进了自己屋里

屋里近似真空的空间，让它微微闪着亮光
如果再多一些星球，就能建出一条银河了
没有大气层包裹，当我的手触摸它时已不会燃烧了
我摸着那些无名的山峦、湖泊和群岛，像摸着

一种古代的盲文，里面或许就有真理，而我还不能
把握。有些山峦正在崩塌，而有些崩塌可能就是
建构。只要允许我们幻想，我们也能制作它们
做出一个星球的或宇宙的模型，来认识窗外的街道

认识窗外的田野、天空。那里，一片旷野敞开着
有一棵树，一个人。更远处是一些星球在空气中
缓缓地旋转着。我们在田野这边静默着
我们的语言，更像是另一个无边、深邃的宇宙

在云南澄江县抚仙湖

龚学敏

攥成拳头的蓝，把神仙说话的口气，
捶成天空。

人世骑马而过，
恣意的马鞭草一误再误，把来路，
和归途，一概抽打成路标中，
油漆冬天的鸥，死给
在风中怀孕的孤岛。

神仙在玉米地中发育。
阳光里滚落的黄色南瓜，绊倒在
女人的边疆。一碗粗糙的蓝，
用喝酒的方法，生儿育女。

单车死去三回，我才把一株女人
种活。
不停梳头的铁皮船，
用救生衣的头皮屑一遍遍说谎，直到，
夜幕三合。遗一合，
像是天空下腹的细软，说实话，
而后，后世无人敢以霾为名。

祭骨塔
北　野

战死者的骨头不宜曝晒
失国王子的骨头被夜色掩埋
骆驼渴死的骨头带着风声
出塞诗人的骨头
与月亮的骨架站在一起
一把刀的骨头
只剩下红缨络变白的影子
鞭子的骨头，赶着一群黝黑的牧人
穿过了尖叫的风沙

而散失在河边那些莹光闪闪的骨头

永远也无法回家

灵　魂

樊　子

有一回经过一个人，

看不清其性别，只见白色的发丝和黑色的肩膀，

路过此人，我要去一个辽阔之地，

雨蒙蒙的夜晚，如果词语可以是一颗星星

我会一再举起，去照一江孤傲的水，狭长、幽深和白哗哗的哽咽。

我在石狮子那儿等你

向以鲜

我在石狮子那儿等你

你最喜欢的那一头

古代瑞兽

风化的利爪抓进江湖

我的心，我的命

抓了个空

万物自有其运行规律
在巨大的阴影中
听见你的脚步

天正在暗下来

北　魏

吃面条的碗空在饭桌上
里面有一些卤水，它就在我右前方
我写这首诗，我这样写道：天正在暗下来
我没有写我刚才的吃相很难看
而是写了天正在暗下来
天确实正在暗下来
与我吃相难看的关系
在于它让我一时模糊不清
这样难看的吃相，舌条还在嘴里
不是在说天还暗得不够
我突然想到老早以前
我做过以上一模一样的梦
连空碗里的卤水都是一样的
还有吃相，还有暗下来
想到这个我有些汗毛倒竖
今天上午我在城南，一个汪姓的人
说西边天井最好封起来，他没说什么原因

情侣图
——曼德拉山岩画题记

杨森君

又一块石头
变成了祭品——

一男一女就这样
手拉着手
被永久地雕刻在石头上了

他们彼此厌倦了怎么办
他们另有心上人了怎么办

石头坚固而耐磨
我真的想
抱着这块石头下山

让石头上的两个人
远离曼德拉山上的孤寂

并且保证
让他们继续手拉着手

那些依附地表的物种

毛 子

天空慢慢变成所是的样子
它也慢慢地恢复它曾经的样子
现在，弯曲的事物离开自己的位置
来到我的内心啜饮。
它们可能是一个乞丐，一条心电图
或一群连绵的山脉。
可无论怎样，它们也只是
这颗星球上的事物。

就像此刻，MU2686航班上
我因一个人而内心发软
透过舷窗，我打量脚下的大地
想着无论好人还是坏人，他们
也只有一生，他们都是
依附于地表的物种……

雪的教育

王夫刚

傍晚时分，孤独的雪做客北方
写诗的年轻人激荡，忧郁
他来到出售景芝白干的
小酒馆里，购买最好的风花雪月

他拉着酒馆主人谈论李商隐
但酒馆主人只知道李白
他把酒馆里的女服务员叫作妹妹
但妹妹们需要扫地，洗碗

他用公用电话寻找曾经一起
数星星的女孩——他说
现在的雪花比那一夜的星星还多

但他是一个失败的数学家
有百万英镑，而小酒馆
只能出售无关风花雪月的景芝白干

父亲的来世

中 岛

儿子患感冒
有一天半夜
他突然坐了起来说
"我这病是好不了了"
我惊恐地看着
满头大汗的儿子
这分明是父亲
曾经对我说过的话

雨天的书

马启代

又下雨了
是否耶和华已经醒来

为了这一天
天堂里早储存了足够的水

我已不怕霹雳和闪电
活着，让我超越了恐惧

85

死亡让我们平等
只有爱和正义让毁灭等于新生

老年痴呆

木 乔

我是一位经常忘词的闲人
一直顺着河堤往上走

自言自语，努力回忆
你的名字和我的名字平行后移

请不要将睡眠
贴满我的后背

当我的视力，统治不了我的思维
请让我一直走到水底里去

盲　点

梁　平

面对万紫千红，
找不到我的那一款颜色。
形形色色的身份，只留下一张身份证。
阅人无数，好看不好看，有瓜葛没瓜葛，
男人女人或者不男不女的人，
都只能读一个脸谱。
我对自己的盲点不以为耻，
甚至想发扬光大，
不辨是非、不分黑白、不明事理，
这样我才会我行我素，事不关己。
我知道自己还藏有一颗子弹，
担心哪一天子弹出膛，伤及无辜。
所以我对盲点精心呵护，

如同呵护自己的眼睛。
我要把盲点绣成一朵花，人见人爱，
让世间所有的子弹生锈，
成为哑子。

沉　默

谢克强

在这个喧闹嘈杂的世界
我选择沉默
你要想了解我　那就请
进入一块石头

这有些粗糙的石头
任凭世俗风雨的侵蚀
或者权势的敲打
由于拒绝　或者坚守
它依然保持初裂时的
粗糙与沉实

就像牙齿咬着牙齿
紧紧　紧紧咬住一些东西
但世界依然故我
以自己原本如初的方式
生存

之所以安然如素

默默　做一块沉默的石头

但在封闭的灵魂深处

自己给自己说话　或许

对于喧闹嘈杂的世界

无声胜似有声

只因　我的沉默

不仅是一块石头的沉默

也是一座大山的沉默

构成世界最坚硬的部分

水　声

叶延滨

听见粪勺在水沟的石头上磕碰的声音

听见狗舌头在水洼上卷动的声音

听见泉水滴落在竹筒上的声音

听见溪水在石坎跳跃的声音

听见雨脚在瓦檐嬉笑声音

听见露珠叶片滚动声音

听见船篙击水的声音

听见缸裂水激声音

听见……水声音

没有水声，是梦的声音

睁开眼，看见梦正趴在水龙头上
对我说，听见了吗？
家乡的声音……

我总是在运筹帷幄

黄亚洲

我总是在运筹帷幄，而你们看不见
知道我的肚子是个中军帐吗
令箭满地

我的心脏，会沿着肋骨的弧线
慢慢走到肺的附近，大胆授予自己
夕阳的荣誉

我的肝和胆，一直在派遣新鲜的血液与胆汁
与每一根骨头，与臂肌，与腿肌
商议如何协调力量，致敌最后一击

你们看不见我内心的喧哗
我周身血管如大小驿道，皆是传令兵急骤的马蹄
而细腻的皮肤垂直分布，始终保持
帷幄的质地

就如同大自然
云的奔突、风的腾挪、候鸟的栖落与惊起

就如同战争，用蜡笔
反反复复涂抹土地

就是这样，世界的颠三倒四，都入我眼
这六月雪、腊月雷，这斗转星移
就如一些美篇、若干金句
我每日铭记于心，暗自欢喜

你们看不见
我全年保持青春的秘密
你们看不见
我每天与世界交换俘虏，点数男女

温暖之诗

杨　克

给豌豆一节豆荚
给稗子一粒泥土
寒号鸟连麻雀都不如
只是一只飞鼠
请给它栖息的树洞
一片枯萎的叶子
躺在泥水里
迟到的扫帚，请给它片刻幸福

寒风中，悚悚发抖的手背不存
手心，仍想握紧温暖的词

春风不再掐我的大腿

梁尔源

请柬不为我编程了
肉身从公文包中逃遁
再也不用向那只茶杯汇报了
麦克风不再点卯

终于可以将太阳
锁在黑匣子里
教公鸡也学会哑语
然后用星星蒙头

和春天分床而眠
卸掉房边树上鸟的发条
和风的手指，没有谁
再掐我的大腿

交警在梦中
测试我的酒精度
我哈了一口气
交警醉倒了
四只轮子早已悬空

夙愿都飘在云中
红尘早已够不着我
我用鼾声屏蔽了
所有的约会

君说席间写酒

陆 健

君说席间写酒？那么
量浅的君子请早些离席
饮者可以无名，不可无酒

诗要由对酒有感情的人来写
不爱酒的写得再漂亮
也写的是假酒

站 着

车延高

一棵秋枫在云彩上站着
你在树下站着
我走过去
就有两个人在树下站着

很少有人能有机会在云彩上站着
更难和一个穿着云彩的女子在一棵枫香树下站着
就想：云彩不累我就不累，你不累我也不累

干脆就这么一直在云彩上站着
世界会吃惊的
还有比这更美的景致吗

两颗心
在一棵树下站着

一块铁毁了自己的真面目

谷未黄

随时间而来的，是一些躲在夜晚开的花！
旷野如水。有光在缝补成片的水，缝补成片的夜色。
一个人爱上了另一个人使用过的悲伤
那个废墟，显然不是昨天的。他在一个新的废墟上，像坐在一张
废纸上，观察火焰。火焰走在一根柔弱的稻草上
不能回来，火焰把它的路烧成了灰烬
另一团火焰走在树枝上，岔路很多，火焰也走散了。
可以认定的是，此非烽火，亦非炊烟
从照片上可以判断，一个完美的黑夜，留下残疾。
"有一种智慧，白天看上去像一块粗朴的铁"
在黑夜围绕着的火焰里
慢慢变成一件凶器。

一切都是节奏

蓝 蓝

一切都是节奏——
潮汐、奔跑、呼吸
山峦高低的起伏。

一切都是节奏——
四季、生死、昼夜、
词语和语调的生成。

伐倒的树,那神性的年轮
播放节奏的神秘;
鸟羽和翅膀
在空气中书写着节奏的对称。

哦，眨眼睛的人
哦，号脉的大夫
因爱而合一的男人和女人
叠起这首诗的音阶——节奏！节奏！

节奏就是爱，一支宇宙之歌
鹁鸪鸟叫着春天深处
绵绵不绝的旋律。

外祖父家书

林 雪

"某某吾儿/某某贤婿：吾已到历下
明晨欲赴汉东"。上世纪70年代
外祖父自滕州诸多信来
这令我最惊为天书的一封
母亲仍为之朗诵，间有旁白：
汝等能6岁读私塾，15岁做文秘？
着长衫，执檀香扇
17岁开书馆……彬彬文质？
当她继续读到"历城今年亦如去年
雨顺风调、柳绿桃红"
眉目间遂升起一个民歌中的江南
外祖父继续写他徜徉的城市
说吾尝去中泉村南首路东
看"忠泉"二字于崖、暗河于地

所谓溪水有义、望粮峪留憾
历城有公允之心：既传颂
主流的跑马岭、藏主庵
因唐军而移生此地的板栗
也有起义的车子峪战车、黄瓜峪
甚至裁缝峪象征的叛朝者的军工
李世民和黄巢虽名载史册
但数风流人物，还看今朝……
云云。那信的语气令我想起
中学课本里的《史记》、苏辙的
"昨日有人自庐山来
云庭式今在山中……"
以及无处不在的毛泽东诗句
他还写自己曾寻蹇祠、问芦花
顺便表扬女、婿多年施孝
还要忍耐婚姻及生活之艰
勉励他孙辈彼此亲爱
如有朋党当如弃疾、陈亮……
听到此处，弟弟忽然笑场
同学陈亮与之重名，且顽劣，住隔壁
12岁，绰号酱油……

遇到恩赐要轻声祷告

马　莉

一个月亮跟着他
寂静无声……尘埃在天上
乱跑，他的额头宽阔如夜
手臂上的肌肉有力地喘息
一个扫街的青年在世间吹着口哨
垃圾桶内，丢弃的亡灵握紧拳头
丑陋和痛苦替它们哭泣
失眠的人遇见强盗，睡意遭劫
我在梦中放慢脚步，回到家中
坐在镜前，没有一丝浮躁
天亮时蝴蝶找回翅膀，小草歌唱
"遇到恩赐你要轻声祷告"，我披衣
下床，太阳正把光线高举到屋顶
窗外，水井里的水正在慢慢发烫……

交　谈

扶　桑

交谈有时令人衰竭
人们之间，彼此说着外星人的语言

我们和花并不这样
和猫也不

林坊水库
（画家林维的故事）
安　琪

哗。哗。哗。
深夜十二点还有人游泳？
我往林坊水库望去
水声停了
我继续踩自行车前行
哗。哗。哗。
水声又起
索性支起自行车看着水库
想找到那个游泳的人
四野寂静
孤月悬照
林坊水库无波无澜
18岁的我
第一次懂得了害怕
我飞身上车
使劲往家的方向踩去
在看到村庄灯光的瞬刻
被一条猛扑过来的大黄狗
吓了一跳

它低吼着

状如猛狼

我冲进家门向母亲道及一路见闻

母亲说没事

脏物已被大黄狗赶走

当天晚上

有一18岁青年看夜场电影回家

酷热难挨

到林坊水库游泳

溺命

消费者

莫笑愚

消费水

消费电

消费粮食，蔬菜，水果，虫草

消费鸡鸭鱼，猪牛羊，牛奶，羊奶，骆驼奶

消费穿山甲，锦鸡，熊掌，鲨鱼鳍

消费石油，煤炭，矿石，把废井留给塌方

消费钻石，玛瑙，水晶，蓝宝石

消费金，银，水曲柳，酸枣木，红木

消费瀑布，溶洞，原始森林，长江，黄河，东海，黄淮海

消费鸣沙山，月牙泉，壶口瀑布，黄山，庐山，万里锦绣河山

消费乌镇，同里，网师园，炎黄帝陵，马王堆，兵马俑，十三陵

消费诗经，李白，陶渊明
消费粽子，龙舟，秭归，汨罗，绝不放过屈原

李白衣冠墓

君　儿

我们到时

墓园的黑漆大门

上着锁

待到大门打开

听说里面的母鸡

已产下鸡蛋

我们的到来

似乎打扰了这方

清幽的小院

太白　你的

一等一的知音

杜甫当年所预言的

千秋万岁名

和寂寞身后事

看来是多么正确

你看现在又有鸡

又有蛋

又有我们

为你作证

祭李白

苇 欢

在青莲镇
李白衣冠冢
我燃起三炷香
举上眉心
低头祷告
再用力插进
坚韧的泥土
心中浮现的面孔
却是生前最疼爱我的
爷爷

自 传

二月蓝

在李白纪念馆
一位白发老人
手握一支
蘸水的毛笔
颤悠悠地
在地上

练习书法
笔头
是海绵做的
他似乎一点也不关心
很快就干掉的字迹

我比较迟钝

图　雅

和她们见面
她们都说哭过了
我一直没哭
昨天下午
空调开始冻我
我感觉去了一趟冰岛
今天早晨
开始流鼻涕
一张张卫生纸
被我揪成一朵朵白花

在日本金阁寺

湘莲子

许多人的
影子
在下山
可那些人
明明
在上山

山
又不怎么高
转个弯
就反过来了

下山的人
与上山的影子
亦步
亦趋

一个和尚
也没有

马博物馆

庞琼珍

一尊马的雕塑

半露出厩栏

近看居然是一匹活马

囚禁在2平方米展台

局促地探出

活体标本的头

鬃毛被涂成彩色

编成发辫

它和我一样

每天上8小时班

在逆光中抓住一切

雪　女

七月的一天上午，她们向海边聚集。

三个女人，从三栋白色房子里

带出了遮阳伞，相机和矿泉水。

在获得大量视觉前

她们的目光清澈，直望见

天际线上竖起的白帆。

作为背景的大海
与作为主体的大海迥然不同。
她们经历过的风暴
也不是从海上掀起。
但大海携着所有事物翻滚
将她们的盲眼一只只打开。
没有嗟叹，亦没有言辞
能表达她们在逆光中
抓住的一切。

古城墙叹

（福泉1391年建成的石城，已600余年）

伊 蕾

城墙，你不朽的美色压在我心上，
你，你是人类不能自愈的伤。
草民相残，城池得失，
朝代更迭，沧海桑田……
今天是物种消亡，种族大战，
明天是人类逝去，复归天然。
城墙，你衰老的灌注了鲜血的身躯，
将成为地球上最后的美人儿——

鳄鱼钥匙扣

胡茗茗

一枚来自泰国的鳄鱼小爪子
伴着我的钥匙，皮已油亮
有弹性指甲，它柔软的
辨识度，高过钥匙的冰冷

今天，在菜市场
我一度以为钥匙丢了
包很大，风很急
我摸黑翻找的指尖
碰到一只小手
它暖暖地，握了我一下

是的，隔着一个国家
那只死去多年的小鳄鱼
伸出被人类剁掉的小手
它要拉我回家

为孔雀哭泣

李成恩

1

今晚长尾孔雀收紧了脖颈
她的羽毛涂过油，我哭过
为孔雀哭泣是我少女时立下的誓言

2

美人打嗝时不要弯腰
因为美正从喉咙穿过

3

在黄昏给孤独的爸爸打电话
我承认我是孤独的女儿

4

丝袜不必晒在阳台上
我的双腿自动拧干了它

5

我十八岁时穿过的舞鞋
记录了十个脚趾的哭泣

6

在床边放一盆清水，睡眠更深

7

我们这个年龄不应该把眼泪
储存在眼睛里，再薄的忧伤
也是厚的，再深的爱也闪烁

十年浮生

李之平

两团火点燃，灼烧之后
自然也熄灭了

十年后相见
冰与火再次抵达燃点
命运重启审视模式？
或者仅仅是

生命之光本源的照耀

在光到来时
遗忘的速度停止
火焰升腾
穿越十年冰层

那里的水温暖，甘甜，
没有苦涩与悲壮——
终于回到家，天地平坦
仿佛见证了时间的结局
再无须讨伐与抱怨

触摸到真相
一片叶子，也是
抵达终点的道具

卡夫卡

梅　尔

我的存在变得可疑
在布拉格，你走街串巷
像一只甲虫跟着我
我不能从雪地里走回来
马车在天黑以前已经驶过

我到城堡看你，到你住过的
每一处寻你，我寻到了墓地
朵拉已经先我而到，甚至
K也在这里，我很压抑
显然，你因被频频打扰
而长期失眠
父亲对他此生未能预见的儿子的成功
嗤之以鼻

我不审判，即使
你要了布拉格的全部美女
你的绶带上写着：惊恐之魂
朵拉，跳进坟墓吧
死，实在是
一件再正常不过的事，比生
更加踏实

沅　江

张　战

白鹭惊起时慌慌的
女人喊你时声音碎碎的

他唱着野山歌痛痛的
你要去的渡口
那里的青石板空空的

野鸭子生蛋青青的
风吹着野苇火
野苇的灰烬白白的

沅水流得笨笨的
它的声音是低低的

布偶猫

衣米一

纯种布偶猫，拥有盛世美颜
身价昂贵。其中一只
从一个著名城市的
一个富足人家的
七楼掉下来，摔死了
当它看到那个没有关严的窗户
就跳了上去
当它看了一眼外面的世界
它的灵魂
就先于它的身体长出了翅膀

我的驴何止会飞

皮　旦

我委托一个朋友为我养一头驴

他是专门养鸡的

我让他养鸡的同时

为我养一头驴

我去看了场地

朋友的养鸡场很大

现在这头驴正在

口孜东南这家养鸡场的西北角吃着草料

朋友电话里说

你的驴会叫了

哈哈我很高兴

朋友电话里说

你的驴会打滚了

我当然更高兴

现在我正等着

朋友电话里说

天啊！你的驴飞起来啦

照片集（节选）

苏非殊

收集照片便是收集世界。

      ——〔美〕苏珊·桑塔格

一看再看。

      ——题记

1

只能看到有光

有红色

还有流水

2

有四个人影靠在栏杆边

前面是一个湖

有树影在水中

3

那些白云在天空
在山顶上
在树枝上
没动

4

这只手指
被刀削了部分指甲
应该有很久了

480

你背着包站在铁门前
门外有红光
没有透
进来

481

很老了
你坐在石头上
阳光从左边照过来
右边地上有你的影子
就在你脚前

骆宾王

李不嫁

从小，我们把骆宾王

读成了儿童诗

但我有过乡下牧鹅的童年

知道竹竿下的它们并不温驯，一只只

粗野得像恶狗：看家护院

它们比家丁还可靠

盗贼入侵，可以勇敢到挡住刀剑

我见过外乡人落荒而逃

当他们无礼，小腿肚上被啄出一道血口

我见过它们向天高歌的酣畅

这么说吧，我见过骆宾王

混迹于鹅群中，至今用鹅语，高唱檄文，讨伐武曌

无非是这个

成明进

我们去搭船

和很多外地回来的老乡

大家点点头算是招呼

随后买下票

在候轮室走走，叙叙旧
无非是这个

我们去搭船
经过入口验票
心不在焉踏上桥板
随后坐下来
看风浪，想远方的朋友
无非是这个

我们去搭船
船长说船到了岸，到了岸
我们爬出舱
一双手提在肩上
无非是这个

我们去搭船
无非是这个
我们这个
船也这个
无非无非是这个

离 开

黑 丰

忽然就生灰
忽然就成一只鼠
一条滴泪虫

越待越虚
羽化成烟
空寂

是时间了
得赶紧离开这里……

晨 祷

陈家坪

我要着力清洗，
不是在池塘，
不是在小溪、河水里，
也不是在大海最深处。

在充满渴望的地方，

在有罪的一瞬间，清洗
获得尘埃心地的纯洁。

昨天的整个人类史，
将面临审判。
今天是所有的成果，
回到开始的地方。

两条道路的十字架，
我们看见的生与死。
今天，找到明天的我们，
我们祈祷未来，如同哭在秦庭。

致大海

龙　俊

说来惭愧，我没什么像样的礼物
除了一具皮囊，只有诗歌，只有目光
我无法像天空
给你波音，给你阳光和万物
真的很惭愧，我甚至只剩一根骨头
到最终，能够给你的
只是一把骨灰

夜幕降临

霍香结

地面被夜色打湿薄薄的一瓢
夜晚张开的花朵
正在变成一种植物
或一只猫突然掉进大理石

就像掉进了深井里

屋里的声音和人形在背后闪烁
它们装在这个伦理的盒子里
油腻腻的和夜晚相处，一片高低

争论和背叛以及体谅加权这一程式
均渗透着食物的气息
每个人的心里装着
一个毫发无损的宇宙

每个人
都有一张被一万亩星光覆盖的
用旧的母亲父亲的脸

突然扑到司机的怀里

管党生

车在山道上行

突失控状态

急转急刹又急转

我一下扑到司机怀里

他说糟了糟了

又往前冲了一段

才停下来

我们都说见鬼了

他说刚才刹车弹不起来

我嘀咕

别吓我

可不是我害的你

司机说没有没有

你说的啥嘛

我说的是

一小时前

我看见一场车祸

一小轿车和拖拉机相撞

一死两伤

我试图拍照受阻

这事又让我确信天意存在

在悲剧前看热闹

也受警告

眨 眼

典裘沽酒

你的眼睛
眨一下
我的心
就跳一下
你的眼睛
眨一下
我的心
又跳一下
之后，我的心
就停着等

好在你的眼睛
又眨一下
要不然，我就死了

兵马俑

喻 言

整整齐齐的队列
排了两千年

从秦朝站到现在

纹风不动

仔细观察

他们眼神早已涣散

他们依然坚守

只因皇帝的死讯

还没传达

我站在一号坑边上

对着这些黄土烧制的陶器

挥挥手

轻轻说了一声：

解散！

乡间札记

郎启波

当我写下这些词语和句子，已是

祖国凌晨四点的时光

我的女儿在隔壁房间酣睡

她不时踢开被子，偶尔也有鼾声

天气预报滇东北高原最近有雨

及小雪，屋外有风，嘀嗒的雨声

一个小镇的夜晚，除了职业赌鬼

和守灵人之外

我是唯一无所事事地醒着。

乌鸦与文化

秦　菲

2015年的日本京都
浅草寺里

一个和服，木屐年轻女人，盘头而前行

一只乌鸦叫
又一只

她抬头
脸上的泪痕
亮了

女人窃喜
她的眼神温和明亮起来

缓慢的宋朝

燕刀三

宋朝是缓慢的
唐朝也是

但是宋朝更缓慢

那时的人

走3步就要歇一歇

因为走3步

就会碰到一个朋友

朋友相见

喜欢闲扯

如果没有聊尽兴

他们可能

晚上登门再聊

今天下午

东大门里

我碰到苏东坡

他在衙门做官

今天没事

就跟佛印下棋

下了步臭棋

直到黄昏

也没想出补着

在这中间

他喝了4碗茶

解4次手

有5个朋友上来扯淡

佛印竟没催

吃了7个枣子

打了个盹

跟3个朋友扯淡

他们这样子

我是很有意见的

这很浪费生命

对于国家

也是很不负责的
我一着急
就特别想
瞄准佛印肉红的光头
拍5个拇指印

虚　相

肖　歌

粼粼水波在对面墙上荡漾
还有灯影还有月光
晚上我站在阳台上
看到了这一景象
水有菩萨心肠
在炎热夏季爬上玻璃幕墙
人心总向着高处走
真相是楼下那口水塘

挖掘机

郎 毛

挖掘机把自己给埋了
就在平安夜的夜里
土越来越松软
挖掘机越来越坚硬
而且疯狂
挖出的土堆成了山
下面的土却越来越多
这是为什么呢
挖掘机没有脑子
它不想为什么
它只知道挖啊挖
终于它堆起的山塌了
把它掩埋在地层的深处
这个肤浅的故事啊
让我难过了几天

拆那·而死亡不可复制

刘不伟

影院里的枪声清脆清晰环绕立体
可修饰可复制

手机短视频里的枪声
不清脆不清晰不环绕不立体
一枪是一枪
一声是一声
简单直接致命

迫击炮过后
在叙利亚
那个蜷缩着身体靠在墙角的深眼窝女孩
眼睛特别大
半截残损的手套一样蜷缩
上帝的手呢

街上空无一人
动脉爆裂外翻
外翻成一种绝望的张望
下嘴唇迅速泛紫
虎牙瓷白
锋利
长长的长长的眼睫毛眨动
眨动
血流得开始

缓慢
就在第二下与第三下睫毛眨动间隙
视频突然中断

枪响了一夜
浅浅的睡眠里全是环绕立体声

嗨
女孩
没事的
救援车正在去往救援你的路上
夜色中
有光
在救援车车顶微弱地
忽闪
忽闪

为一头猪默哀

走 召

走过罗源饭店时
他们正用一个铁钩子
钩住猪的嘴
一直把它拖抬到案板上。
猪蹬着脚拼命嚎叫。
围观的人掏出了手机

可我不忍，看这头猪被杀的过程。
我走了过去。
岁月是把杀猪刀
我心怀悲悯
为所有的猪默哀。

第十辑
2018年度艺术家诗人

万　物

车前子

发现。我是一分钟，
一分钟内，
安装一分钟，默不作声。
（青草默不作声。

默不作声青草，一分钟。

如是我闻

黄明祥

兰州，大雪纷飞。一场肉搏战

在夜空发生，众人惊呼

在站台上穿羽绒服，摩拳擦掌

嚷着要去敦煌

有辆列车，在石头中等待

乘客衣袂飞扬

廊坊不可能独自春暖花开

赵丽华

石家庄在下雪

是鹅毛大雪

像是宰了一群鹅

拔了好多鹅毛

也不装进袋子里

像是羽绒服破了

也不缝上

北京也在下雪

不是鹅毛大雪

是白沙粒

有些像白砂糖

有些像碘盐

廊坊夹在石家庄和北京之间

廊坊什么雪也不下

看不到鹅毛

也看不到白砂糖和碘盐

廊坊只管阴着天

像一个女人吊着脸

说话尖酸、刻薄

还冷飕飕的

骄傲与谦卑

俞心樵

你说我是骄傲的

当然啦一点都没错

面对各领域的小爬虫

我没法不骄傲

当然啦我的谦卑你看不到

和那个荒原上的怪物一样

我的谦卑也是无穷无尽的

当我们面对天上的眷顾者

致歉书

程　维

太阳每天为你升起
也为我降落一次，可我还是
感到了自私，尽管
我没有侵占他人利益
也没有把落日，从天边拿走
我只是将它当作
打在碗里的鸡蛋，要把落日
端到厨房，煎一煎，下晚饭
你也可以的，落日那么大
傍晚了，余晖无所不在
甚至溅到你的锅台上
只须动一动勺子，它就是好菜
实话告诉你吧，我买不起
早上的太阳，我是穷人
我付出一生辛劳
只买到了落日下山，并为占有
你的一点余晖，而不安
我是抱愧的，谨此　致歉

德国世界杯足球赛

张 况

地球，微缩成疯狂的足球
四年一遇的无根之水
再次煮沸世界的激情

幼年与历史

江 雪

坐在父母身边，聆听教诲
听得不耐烦的时候
我会愤然起身
挥袖而去
那个动作就像革命领袖
当我内心安静下来
细细一想
那个动作包含了我
幼年的历史
母亲说我还是不懂事
让她操碎了心
我说我已是一个老男人
快五十岁了

不需要人管我

可是母亲说

就算你七十八十了

我也还要管你

母亲躺在医院里

我躺在牧羊湖的家中

身心陷入困境

仿佛诗人一生的抒情

天真与浪漫

永远停留在幼年

孤独的创作是艺术家的生活状态

楚　雨

它们既是孤独的岛屿

又彼此依存

从洪荒大地中崛起的块垒

它们沉默的时候

显示出绝望与希望的力量

它的四周传出阵阵

令人震颤的风的呜咽

天空与鸟儿呼应它的存在

从此及彼，人们还需要走

多遥远的路程

群星悄然隐去创作者的脸庞
大地被莫名的伤感无声笼罩
沉睡吧亲爱的你们

老我之死

旺忘望

我是你的墓地
你可以死在我里面

新的你
虽然很遥远
但　正温暖地漂来
虽然沉寂
但　正在复活

你过去的痛苦
我已处理了
它在恒星的粉碎中
已永远地离散

在我里面
新的容颜
正汇集时空

宇宙的笑
释放新生的能量

三个饿人钉钉子

奉　一

三个饿人不钉钉子的时候
和吃在一起
那一瞬他们仿佛三座雕像

当三个饿人在餐桌边消失
他们分别在涂着粉红涂料的卧室
用铁锤钉钉子
他们找到孤独
就像春天难忘的倾诉之夜

他们的工作就是钉钉子
嘴里叼着下一根
他们显得很兴奋
就像把钉子钉到了肉里一样

把房子举过头顶

李 伟

把房子举过头顶
像举着一顶帽子
他举着房子在街上走
好像那房子一点也不沉

他没来得及换上鞋
光着一双脚
一直走到了港口
似乎要把房子安放在大海上

看上去他还没有做出
最终的决定，他就这样
举着一所房子，面对辽阔的大海
静静地站在空旷的码头上

雪 豹

李 笠

它猛地抬头，咧嘴，发出尖厉
长长的吼叫，两眼迸射火焰
愤怒？恐惧？它重新又趴下
安然，仿佛回到溪谷，或皑皑雪原

不是图片上你看到的模样——
傲立雪峰，威视远方
它趴在地上，竖着耳朵
浑身脏土，依偎铁栏。它

不再跳跃——笼子不允许
这样。哦，让它拒绝饲养？
摆脱枷锁？穿越广袤的高原？

它趴着，一动不动。毛色
与尘土混为一体。只有
忽然的吼叫，证明它，雪豹，活着

年嘉湖上的月亮

程一身

月亮低悬一轮金黄的圆满
我们在湖上长廊里谈论残雪

旁边拍照的人，让我们陷入
交谈暂停的寂静里

倚着湖风吹拂的红色栏杆
感受顽固的暑热与阴影

想起兴玲荆林，太平盛世的
烈士；时代的巨大变动

让我的胃骤然一疼，担心
月亮被飞来的乌云削去头颅

马牧河上的白鹳

北 塔

失去了邦国的王恢复了白鹳的原形
独自从黑暗的河底冒出来
连一条鱼都不带

它站在镜面上，不升也不沉
用影子供养着两岸的草木
一万朵拇指花，如同臣民
向着它高高地翘着

我已经离它这么近
——不能更近了
它似乎要看着我离开
才会再度悄然起飞

田野上的花
——给金子美玲第六十二篇

金 重

秋天来了
姐姐

秋天来了
我开始衰败

我衰败得
多么动人

七天酒
——赠沈苇

树　才

七，这个数字神秘
天，从天山上飞下来
酒，把酒瓶坐得满满的

"哦，我们这是第七天了？……"
举杯，站桌旁，你有点犹豫
两道黑胡子代替嘴，说"对"

头几天，扒开好几只羊嘴
我们都找不见羊舌头
最后一天，在伊犁河畔

蒙古包里，你终于揪住它了
——递给我那截舌尖，我至今
记得，它上面长满梅花斑点

我当然美美地嚼下了它
很快！我的舌头不灵光了——
酒神按下我的头，让我认罪

酒杯，仿佛同酒约好了——
"不喝不行！"幸亏国富兄
幸亏你，我从醉里安全醒来

七，这个数字像醉汉呆坐
天山上的天，自然是空的
酒神爱你，确实胜过爱我

浙江之心

汪剑钊

据说，磐安是浙江的心脏，
掌管着诸水的循环。
于是，我越过微弓的黑背脊，
抚触脉管，开始捕捉它的搏动，
以此排遣郁积的孤独。
借助萤石之眼，我看见高达百丈的瀑布，
十八个漩涡翻卷十万朵梨花，
火山岩也以花瓣的方式四下飘飞，
跳起了自由的彩环舞……

对于水，我素来怀有深切的好感，
并非出于泛滥的温情，
也肯定与浩瀚的联想无关，
这实际是语言的另一条平行线，
液态的柔软蕴含晶体内在的坚硬。
那嵌入肉体的灵魂
到了冬天，露出骄傲的骨头，
点燃一盏冰灯，映衬绿叶，
也照亮满地的枯草。

浙江是我的故乡，但磐安似乎不算，
复杂的方言是一枚枚尖锐的松针，
刺痛了曾经灵活的舌苔……
但今夜，我与村民的交流不再有障碍：
一杯清冽的土茶，一个会意的眼神，
一小碗醉红自暖的米酒，
一双手紧握另一双手，
此刻，八颗心脏在心脏深处跳动……

五 月

高 兴

叶子被照亮
神圣的火，是五月
抬起腿，冲破子夜的栅栏

空中，水在聚集

雨滴穿透黑暗，让星星立正

听从源头的吩咐

夏季终于来临

男人打开窗户，寻找湖边的女人

那女人中的女人

而此刻，天与地，说着同一种语言

踏上了同一条道路

数据炼金术士之歌

李赋康

数据是你的原罪。你必须

清洗，一遍又一遍

直到它们干净如灵魂

立在风中　像石榴

密布血丝的大眼睛

你不能像别人那样生活

太阳日日新，人类天天老

繁星在天空盛开又凋谢

你手掬露珠剔透的先天之心

那是你的钻石

那是你的宿命

不会再有痛苦了······

马永波

不会再有痛苦，也不会再有激动
那些白色的峰顶沉没在苍茫之中
不会有人拜访沉寂的故居
黑暗的门上不会再有陌生人的留言
在我疲惫的心里，一条芳草萋萋的小路
撒满了阳光的断箭，通向一处泥潭
我还能听见脚步踏着石上青苔
看见鸟儿起飞前树枝微微地下沉
我这被未来遗弃的空壳
越来越薄，像蝉蜕混入流沙
不会再有了，那心跳、颤抖和哭泣
因为不会再有一双温存的手
放在我逐渐冷却的心上

来　访

李以亮

长久以来，在我一无所有而显得宽敞的
房间，挤满了声音
这是多大的安慰。就像现在

你在夜色中离去

午夜的下弦月依然挂在窗外

今夜，我不说寂寞

今夜，我再一次蔑视了尘世

所有的失败和光荣。多少年过去了

重要的是我们不改初衷

许多年以后，这一切还会不会历历在目

啊，谈笑间樯橹灰飞烟灭

我们坚持桑提亚哥，一个渔夫的胜利

高架列车夜间开过夏拉泽德公墓

阿 九

面对着桥上的巨型屏幕，

一排排座椅整齐就位，

像是等着一场夏夜的露天电影。

碑石们坐北向南，俯瞰着弗雷泽河

名称待议的水流。

这些安静的石块

似乎从未听见过头顶上

高架列车飞驰而过的咔嗒声。

大选年又来了：一列开近的列车

让路基微微震动。

车头的呼啸像一阵阵催票声

碾压着钢轨和牙床。

墓园四周，我曾发现几张
竞选海报：一座不存在的大厦
亢奋的艺术效果图。

远看是一块电脑主板，
近看是无数入睡的灵魂组成的
一个非法的露宿小区。
夏拉泽德公墓——
那里也是人间。
他们与我们唯一的不同
是在面对不远处喧闹的平台时，
多了一种沉默的特权。

2018年度批评家诗人

星 空

华 清

上帝的书写并不均衡
在那些稠密的部分，它们
用光芒演绎着存在——
上帝本身，或是真理的镜像，这沉默的花园
那些稀疏的部分，则是以黯淡与幽深
敷衍着古往今来，那些危险的追问

最高的石头（节选）

徐敬亚

顶礼，这是我
从字典里找到的最虔诚
汉字。我执意臣服于
一种说不出的五体投地的语感
除了你，这世界谁能让我
如此低垂

高高在上的元素啊
自由的引领者，其实你
只是一些石头和泥土，既然这首诗
已把你恣意地精神夸赞
那么，索性
再让你物质地增高

不知道为了什么，我
特别想
在你的头顶上，再放上
一块石头

这最高的石头，最新增高的
物质，一经写出
便已完成，只因它缘起于
一首诗对于一座山峰的临时意志
以及，我的全部诗歌主权

这应该是一幅似有似无的图像
当一只鹰
突然降落山巅，天空
立刻被改变
当一首诗突然被垫高
未来
立刻改变

世界荒诞如诗

耿占春

许多年后，我又开始写诗
在无话可说的时候，在道路
像逻辑一样终结的时候
在可说的道理变成废话的时候

开始写诗，在废话变成
易燃易爆品的时候，在开始动手
开始动家法的时候，在沉默
在夜晚噩梦惊醒的时候

活下去不须寻找真理而诗歌
寻找的是隐喻。即使键盘上
跳出来的词语是阴郁
淫欲，隐语，或连绵阴雨

也不会错到哪儿去，因为写诗
不需要引语，也无须逻辑
在辩证法的学徒操练多年之后
强词夺理如世界，就是一首诗

即　景
何向阳

嗯，这一切安详宁馨
带皮的土豆
紫色的洋葱
西红柿和牛尾在炉上沸腾
昨夜的诗稿散落于
乡间庭院里的
长凳

花栗鼠
霍俊明

橡树的落叶干脆易碎
没人踩踏这些薄薄的尸体

一个个橡实砸将下来
整个秋天
这些声响正被风声所遮掩

花栗鼠
从洞中带着黑暗上来
两只小手把一个橡实塞进嘴巴的左侧
再将一个橡实塞进嘴的右侧
它又抱起一个橡实
似乎有人看到了它的努力和
片刻的迟疑
橡实终于又塞进了嘴里

转眼它已不见
带着一分钟的阳光
重回黑暗中的粮仓
填满，是它整个秋天的动作

它的眼睛曾在橡树下寂静地闪亮
那更加寂静的时刻
那更加厚密的雪
即将缓慢地落下来了

带父亲去眼科门诊

罗振亚

放下检测仪
医生说怎么才来
你父亲左眼失明已近十年
我的天在暗室

用一只眼睛
看穿三千多个日子
没错铲过地里一株苗
稔熟的门槛每天
准时迎他回家
从未听他吭一声

父亲　此刻
我该如何学习平衡

词　神

陈亚平

可以疾呼流沙，饮河自歌
环水穿行，两足有光，或大旱不死

常出海以北，人面鸟身，能随风自舞

冬夏穴居昆仑，口中吐火，木聚火而重身

在天池之外，相随神灵，不笑不卧

三百里内化为异形，可四照日月

夜飞阴山，天下则大忧

手绕双蛇，九州则动如击石

又十日，音如怪雷，横吞群兽而眠

经汉水居中，苍江以南，风云出入波谷

有人见星辰万物，在敦煌以西

天地无疆，求思难测

河

谭克修

你在城市旁边安排一条河

让他们在河里洗澡，洗菜，洗衣服

把废水和粪便排进河里

让河水带来鱼虾，和肥沃土地

冲走烦恼，和敌人的攻击

你让更多人来城里安家

在河里划船，在河边建码头

在河上建桥梁，在两岸建房子

住河西的人，看见河里的旭日

住河东的人，看见河里的落日

教他们把河水比喻成时间

来迷惑自己和别人

用防洪堤描绘河水的欲望
若有人忘记，为什么在城里安家
让他用河水来结束生命

人老时

吴投文

人老时，天光就变得混浊
秋水也变得混浊
清晨你从桥上走过
树叶飘落，睁大葱茏的眼神

人老时，老虎的尾巴也在变小
身上的条纹愈加显得空荡
你望向窗外的塔尖
青山有嵯峨，有正午的纸屑

人老时，暗淡的事物变得明亮
风吹着石头上的灰尘，吹着苍穹
你走一走也好，歇在水边
傍晚的鸟鸣突然停止

人老时，刽子手开口说话
脸颊上有刀痕，有石头的稀薄
有人从背后抱住你
你挣扎着，然后沉默

悬空不疑

孙晓娅

"壮观"刻在翠叠峰上
悬空寺龙卧千载
祈祷盛世太平

河流安详时天空澄明
断壁环绕
观望人类写下风月
杀戮与慈悲
随瀑布飞溅茌苒悬崖百丈

遥测李白骑马赶赴
功名失落处
留下诗词里的真性情
维系三圣殿后身
儒释道小殿的幻影
是他半生普世之梦

风雨从不侵蚀
凿进山体的木桩
恒山肢骨伏藏经文
警醒岁月
普度远来参拜的游客

稳　定

李　壮

从空中看去
大海横张在一道弯曲的表面上
它为什么没有摇晃出去
它为什么没有炸开

我不想求助牛顿
我更想把自己泡进其中
为什么我不曾摇晃出去
为什么我没有炸开

当我来到海边
我看到水里有太阳
一只六脚小虫在水底行走
清晰，没有影子

阳光并没有摇晃出去
生命在承受重压，但没有炸开
这微妙的临界是安宁，只有船
才隐喻着命运的应有形态。它躺在岸边
作为一条条被瓦解的黑色木头

明亮。轻易。在平整的沙子上

我一个人来，真好！

卢　辉

还是夜晚到乡下好
一个人，碰到石头就是朋友
路过坟头，我也举手
这世界
打一声招呼就好

放在路边的东西，我不会一一清点
有蛐蛐叫
有树影摇，草丛站得住
萤火虫是虫不似虫

过了桥
山那边寄过来的风，我没准备要
衣服变轻了，我也没想登天台
夜已经深了，老乡见老乡
鸡蛋碰锅头，这世界
我一个人来
真好

郊 外

宫白云

太阳凉了下来

四周有种被废弃的安静

野花野草还有野猫竖起耳朵

在锈迹斑斑的铁架中

抬起头来

将一些良善

小心谨慎送到凝望的眼睛

下车的人

再也不说这里

梦（1）

李 锋

梦见表弟的耳朵生蛆

我在为他清理

月光爱我

赵 卡

月光爱我
我有短暂的快乐
我可以死去
但要像月光那样完美

在黑夜
只有死亡能认出我

乌 云

陈 仓

好大一片乌云低低地堆在西边
它没有天空高也没有楼房高
我眼睁睁地看到穿着高跟鞋的少女
不用踮脚就把它拽下来放在自己身边
装进自己手袋，按入自己眼睛
撕碎在自己胸口
而另外一个人
他匍匐在地，用自己的影子挖了一个坑
把它轻而易举地埋在不能再低的位置
所有悬浮在高处的东西全部朝下
形成了倾盆的大雨

在多伦多后院

叶 开

倒一杯酒
黑皮诺的琥珀色
装点了一个多伦多的下午
你知道内陆深处
有风暴在形成

新的恐惧

但仍然在喝酒

大量的事情卷起如风中飘絮

被化于无形的还有宽恕

着魔的现实主义

驱使一根魔杖

飞行的扫帚吐不出葡萄紫的天空

经过认真勘察

魔法公寓里

冷风竟从地板上吹出

多伦多后院

安静的还有树叶

一棵大树悬挂在桌子上

教堂侧旁

有很多古人在交谈

而众所周知的告密者

在故国吐泡泡

冷不防的椅子

一首奏鸣曲响起

在最好的季节来到多伦多

天一直很蓝

暴风雪在故事里酝酿

一直等到了黄昏的降临

适合与老朋友聚会

谈谈你还好吗

一条铁轨穿过童年
火车的轰鸣声自远而近

回到耕读时代
我是骑牛的顽童
在一道记忆的深沟里狂奔
巨蛇从下午升天
它的头长得像霸王龙
温顺如克苏鲁
鄙视着上古的生灵

身体里也养着一只老虎
浩然地如猫般匍匐

不　是

李　浩

它不是露珠，草叶，风声或者流水
它不是月光，不是鳞片，不是一首怎样的歌
它不是物质的，尽管可以用手触摸；
它不是灵魂的，尽管它像空气一般透明

我只能说出不是，真的
它不是重也不是轻
它不是时间不是永恒
它不是爱情，手中有带刺的花瓣

记住它，也就是记下血迹和疼痛

它不是诗歌，那些细小的光在跳跃

它不是孤独，尽管它有孤独那样的眼睛

……我只能说出不是，在是之前

它不是一，不是二，不是开始也不是结束

它不是高大也并非弱小，它不是

它不是死亡

这小小的骨头，有多少种疾病在其中歌唱？

它不是生长，但生长着

它不是深渊，但比深渊更深

我发誓，它不是毁灭，但它

总走在到达毁灭的那个瓷瓶上

我只能说出不是，虽然

它和是一模一样

幼儿园里的两个小朋友

蒋一谈

我想用小猪佩奇换你的熊猫宝贝

好的

我想用贴纸换你的拼图

好的

我想用画笔换你的橡皮
好的

我想用爸爸换你的爸爸
好的

我不想换妈妈
我也不想

光阴是我最好的亲人

李　瑾

人间草木都是我的亲人，包括短暂的
让我爱下去的恨
包括将一只蝴蝶拖入无限辽阔的秋
它临终时的一眼，让萧萧落木又重新
发芽，又重新把那些不甘哗哗地送进
风中。包括无限
偶然和可能，它视我们如亲生。包括
临死肚子空空如也的那个邻居，他的
怀疑不会比雪花
坠落前的瞬间更深更重

人间草木都是我的亲人，我们搀扶着
彼此，光阴从千里外赶来，停也不停

167

车　厢

王秀云

原点的枝条
伸向全球
高铁的走向来自内心最细小的
那颗种子

终点不是目的地
起点也并不一定通向爱情
多子多福的兄弟已经上路
那些依然行走的愿望啊
穿过了几百里厚重的雾霾

有道云笔记在清点过去
树叶正在返青
不远处暗淡已久的天空
即将晴朗

路遇小学老师

杨小滨（中国台湾）

站在路中央，小学老师
拦住了一朵乌云。
细雨从法镭的脸上飘落。
老师笑着讲规矩：
请走到阳光的金丝边上。
法镭摘下乌云，鞠躬，
捧出胸中的蜂巢。
几十年前的老师，
依旧一样年轻，平庸——
好像白垩纪的羽毛
在未来城重新粉刷一遍。
女妖般的歌声从树上绕来，
老师一眼认出法镭，

拍手叫好，在影子外面
把灰尘拍得风生水起。
法镭想逃走，却被老师
抓回：要不，再叙叙旧？
老师拿出识字课本：
还记得岳飞是谁？
一个疯子擦身而过。法镭
踢走脚下的小石头，
让老师以为未来一片光明。
法镭向路的尽头望去，
分不清起点和终点，只见
远去的校车闪起了警灯。
他咳嗽，咳出一团白日梦。
老师满意地点头，遥指
疯子转弯的街角。
法镭又把白日梦吞下，
但始终没有说出：
记得……我每次都忘记。

始祖鸟

田原（日本）

想象的尽头
一只再也飞不起来的鸟
是你

天堂到地狱

在被掩埋的那一刻

藏在心底

对于你

天空不过是

翅膀拍打的疆域

亿万年的沉默

是为了推敲黑暗的本质

重见天日

保持远古的翔姿

绝灭的命运，窒息的压迫

锤炼着意志力

蛮荒的过去

凝固于骨骼和羽毛

失传的鸣叫

带来启示

始祖鸟在阳光下

它唤醒，它遗忘

它记忆

我家的狗是气死的

招小波（中国香港）

我在内地工作时
曾买了一只北京狗
它会嗑瓜子
还会吃鱼
可能待过大户人家

后来它被带到重庆
一次家人走亲戚
把它关在阳台
打雷时没人开门

之后它拒绝进食
宠物医生说狗没病
它在怄主人的气
它绝食了七天
终于悲怆而死

农庄雨夜读《维荣之妻》

秀实（中国香港）

玻璃窗外雨声不绝，这个农庄深沉如许
沉默与泡茶后，我与太宰治谈论起世俗之妻
他说，寸善尺魔呵，这是为妻之道
酒色财气都在其间唯独爱情缺席
雨愈大，我把书合起来，维荣与他妻子
都回到那个破败的酒吧去

然而维荣之妻这般的俗世女子我也喜欢
不必描述那神经末梢般的微物之处
把偷欢与外遇都看作缘，那是以善为恶的
诗人和他的书写。今夜农庄的雨瓢泼如注
如在汹涌的岸口等待一个归人
如果也是维荣之妻，那便即一次生命的私奔

在人间，只有光可以找到我

萧萧（新西兰）

立秋之后，飓风大刀阔斧
抽象的事物逐渐深刻，秋瑟凶猛
门前大树夺去了我的话语权

舌头伸出光秃秃的枝丫
大地之痛难以启齿

数不清的树叶并不替我发声
一棵树站在风中说了很多
又似乎什么也没有说
一块石头扔向黑夜，在一声巨响中
所有的沉默从此无与伦比

月下，满地落叶把额头藏于刀锋
都像伪装的告密者不可触碰
晚安世界，今夜我隐居镜中
在人间消失，只有光可以找到我

世间雨

冯桢炯（美国）

雨是从上往下掉的
雨是看不惯大地的
雨是看不惯这人世间的

雨是痛恨不争气的草
雨是痛恨被污染的呼吸

雨是和江河合谋的
雨是跟风同出一辙的

雨是与高贵无关的
雨是与贫贱无联的

雨就是与你我有关
雨就是与古今有关
雨就是与明天有关

雨就是哭这沧桑的世道
雨就是诅咒麻木的人心

我想买

罗马兰（美国）

我想买一头猪，让它在地下活着，逆风而跑
我想买一双鞋，中跟，三十五码，牛皮，透风，不进水
我想买一口锅，热炒，暴煮，慢炖，清蒸
我想买一面镜子，会说话，永远不老
我想买时间，让我重返过去，手刃青丝，对墙而坐
我想买条红裤子，我就坚信大路朝天，兄弟分手
我想买你的影子，去寻找光的来源，那最原始的动力
我想买蒂凡尼的早餐，加一只花猫，就有理由去罗马
我想买一条帆船，让你印证童年，那是只多么忧伤的雁子
我想买双乌鸦，听它艰深的咒语，看谁准时醒来
我想买尽魏晋南北朝，将风月浪情装进透光宝盒，从山上扔进外海
我想买完全世界的谎言，编织成衣，大街满是皇帝的新装
我想买下未来十年的雪，让它在盛夏绽放，走多久算多远

我想买一块全能充电器，到无风的空地，还有至少一半的你

我想买一把手枪，子弹朝前也朝后，攻破纸片，以及上面的字

我想买，买下我的人生，包括前世，可我知道就像残雪，他们脚踢

压榨，最后还要打进生锈的钉子

新　年

雪迪（美国）

雪把旧日子盖住。

孩子们藏在雪里像三只松鼠

紧跟着穿过树与树干间的公路。

喇叭吹着嘴。夸张地

惊喜地；情人的焦虑

祝福，像一座搬光机器的工厂

在一年最冷的雨中。提琴

划动，像一只节日中的大鸟。

羽毛，是母亲最喜爱的孩子

在异国，那些旧日子

比羽毛更轻。父亲是一杆笔

油墨将尽的笔，被最大的

走得最远的孩子攥着。

流亡中的孩子，孤单的

满含灵性的孩子。疼的次数
最多。想得最多。
那是深刻、痛楚的爱中

变硬的肉。像一个小型港口
渔轮准时到达那里，
旅行者，观看被成吨

卸下的海水。然后是帆桅
尖尖地前倾。节日外面的鸟
沿着海洋的轴向北飞。

雪把被用小的日子
严密地盖住。透过窗户
我看见新年，在变暗的日光中，

在新英格兰
一座安静的小镇子里。
新年：是遥远的家

在新时期的暴风雪中发冷。

绝 句

王敖（美国）

很遗憾，我正在失去

记忆，我梳头，失去记忆，我闭上眼睛

这朵花正在衰老，我深呼吸，仍记不住，这笑声

我侧身躺下，帽子忘了摘，我想到一个新名字，比玫瑰都要美

诗是让人绝望的事物

夜　舟

诗是让人绝望的事物

它清高，孤绝

万径人踪灭

一首诗一经诞生

它咬断的不是脐带

是自己的舌头

它举起的不是意义

是自己的躯体

一首诗被人读懂之时

就是一颗星星坠亡之日

正 午

石伟廷

小镇的旅馆开着窗子
传来不远处的火车声
街道上，连一匹马的影子也看不见

坐在大床边上的我
看着墙角一件陌生的行李
想不起自己是刚到，还是就要离开

在尼基塔·斯特内斯库①的墓地

吉狄马加

如果再晚一分钟，
你居住的墓园就要关闭
夜色降临前的门。
用一种姿势睡在泥土里，
时间的板斧终于成了盾牌。
此刻，手臂是骨头的笛子，
词语将被另一个影子吹响。
凝视的眼睛，穿过黑暗的石头，
思想的目光爬满永恒的脊柱。
一个过客，吞食语言的钢轨，

吞食饥渴的星球，吞食虚无的圆柱。
当死亡成为你的线条的时候，
当生命变成四轮马车发黑的时候，
当发硬的颅骨高过星辰的时候：
唯有你真实的诗歌犹如一只大鸟，
静静地飘浮在罗马尼亚的天空。

① 尼基塔·斯特内斯库（1933—1983）：罗马尼亚著名诗人，被公认为罗马尼亚当代现代派诗歌的代表人物。

棉花糖

商　震

在小兴安岭
天很低
并且蓝得均匀，
像一块蓝色的展板。

几朵白云松软地飘在头顶，
一个北京来的小朋友
跳着脚说："棉花糖，棉花糖！"
我把他抱起来
指着白云说：
"那是棉花，不是糖。"
他说："我不认识棉花，
就认识棉花糖。"

雪的形象

李少君

冬雪纷飞，定格了这一个寂静国度

每一丛草皆凝结晶莹冰凌
每一棵树都披挂琼花玉枝

心亦清静，清静得听到了雪落无声

我亦清静，清晰地看到模糊的窗玻璃上
你以雪花的形式，飘浮在越来越深的夜晚

冬夜灯下独坐，有所思

姜念光

天，很久没有下雪了。
我，很久没有喝酒了。
毫无来由地想起喜马拉雅和云南，
这么高远，又这么亲切。

像是屈膝对坐，被一双金色的眼睛静静地看着。
像是面朝神龛展开笔记，但是不写。
像是有许多心里话，但是不说。

像是寒冽的冬夜一块劈柴，挨着壁炉
在堆满书籍的书架旁舒服地烤着火。
像是面包芳香，刚刚做好。

我知道外面，是无边的月明地儿。
马蹄声越来越清晰的时候，
这时候，像是
雪有了，酒也有了。

在某山庄

起　伦

竹风入耳。我们多么开心
沿着一条俗语继续向前
一群诗人，意犹未尽，兴致正浓
都想把这秋天的诗意推向高处
无奈，已是山顶
再往前，只能走向后山
走向后山的下坡路
惯性使我们走着，走着，走着
突然飘来一阵音乐
凝神静听，是山脚某个村庄传来的
哀乐。无须多做猜想
我们也知道，有一个人，用一生
偿还了低处

染色的猫

阿尔丁夫·翼人

弃绝吧　弃绝那些个平庸

丑陋的额头生根的赘肉——

肥胖、紫色的暗疮耷拉下你的肉冠——

你沾沾自喜——你自食其果——

满足感拒绝一切的人和事

拒绝把源头的活水引到你的农田

拒绝审判日来临——来不及躲藏——

竖起另一只那个金鸡的肉冠

窃喜他的徐娘风情万种

窃喜他尚有蜕化变异的技能——

不惧怕大雨滂沱　飓风来临

不惧怕三只海龟深夜来袭

不惧怕祖先的奶酪

突然被染色猫饕餮

哦，奇袭的海龟　滂沱的雨

金鸡的肉冠　染色的猫

谁在摆渡

南 鸥

是饥饿的午夜，还是黎明
或暧昧的黄昏。时间被昼夜放逐
时间之外才是另一种洞开

立在船头，一动不动
黑色的背影是否掩映神秘的风景
只有风暴藏着千年的宿命

站在命定的地方，一颗初心
掩埋过往的踪迹。一种命定的姿势
越过千年，留下了这个时辰

火焰，有火焰的言辞
风有风的身姿。记忆浮动万水千山
而天边的云霞正慢慢打开

谁在摆渡，是否可以
让一位逝者从一瓣桃花上踏雪而来
荒野的乱石口吐莲花

飞机检修工

叶匡政

对于他，如果有什么
高不可攀，幻觉的一端
随时可能，成为
生活的另一端
他在机翼下踱着步子

一切要准确无误。离开引力
离开他心中的虚空，朝向
那更高的虚空

在俯仰间
颓塌的白日。翅膀震颤
抑制了谁的欲望
那升起的轰鸣，那大地的眼睛

他是不真实的。他还穿着
暗蓝的工作服，在另一只机翼下
踱着昨天的步子

老 鼠

江湖海

三新村铁路桥下
村公路
左边和右边各有一个
垃圾池
时不时有老鼠
穿过公路
它们从左边的垃圾池
窜到右边
或从右边的垃圾池
窜到左边
有时一只单独行动
有时三五成群
每隔几天就会有一只
爬行缓慢的
被驶过的车轮压得
纸一样扁
好像这成了年迈老鼠的
一种死法

森林在拐弯处

孤 城

森林逃进深山。森林还是没有
逃出那个时代的钢铁熔炉

如佳人被剃秃头。车进屏边县城，四顾，群山依然
只剩绿锈

米戛说
拐过弯，就是森林

仿佛森林是劫道的绿林
冷不丁，从消失的旧时光里跳出

一声断喝

必要的徒劳

陈朝华

1

倾尽全力
让内心
在平静之后
继续迷惘
这种必要的徒劳
越勉强
显得越伟大

2

相对于
修改、涂抹与反转
及再反转
一无所知的人
是最合适的告密者

3

简单的标签化
只会让复杂的事物
更加复杂

逢场作戏的人
往往拥有呼风唤雨的
抽象力

4

抽象是经验的提纯
是钝感，是毁灭的方向
一切想象都是
幼稚的　但生机勃勃

5

想象力
只能在想象中
弥补
过去的遗憾
想象中的未来
都不是真正的
未来

6

挺住意味着一切
一切
都是必要的徒劳
比如，在灵感降临之前
一切推敲
都是必要的
徒劳

大水牛

老　刀

父亲长年生病
我家承包的大水牛
一直由我喂养
我喜欢大水牛的雄壮
大水牛喜欢吃尿
我就经常把尿
从学校憋回来浇在草上
看他滋滋有味地吃
不时抬起头
用舌头去舔自己的鼻子
我还喜欢看他打架
他气场强大
能征善战
就算打输了
也会让对手胆寒
只有一次
我恨不得杀了他
我发现他
和我一样
会无缘无故
默默流泪

在老挝听到了我耳根失传三十年的词

张小云

老挝的公路上
不断能见到当地百姓
骑着电动车倏忽而过
有车上载着一个大人两个孩子
我们发出惊叹
导游阿力不以为然
他说载十个八个是经常的事
我问他们都去干吗
阿力说他们是去
做客

沱沱河

蒋雪峰

在沱沱河
夜宿兵站
半夜上厕所
痛风突发几天了
我拄着拐棍
跛足而行

不料惊醒了

雪地里的藏獒

咆哮着　腾空而起

拴在脖子上的铁链

把铁桩

扯得铮铮作响

这哪是藏獒

分明是头狮子

我扔了拐杖

撒腿就跑

三只黑天鹅

张　后

一只在左边

一只在左边的左边

只有另一只比较独立

既不在左边

也不在左边的左边

我在上苑的邻居

邢　昊

是位年逾七旬的美国艺术家
无论她静静地创作
在阴暗的角落布置她的作品
在废墟上脱掉衣服
往胳膊和大腿上
写纪念亲人的文字
还是早晨起来学鸟叫
都像刷了一层清漆

虫子说

简　明

树皮入药，树心喂虫
收获的时光，像树叶一样命短

尖锐的声音从树的心脏穿过
树叶成了树的子孙

虫子说
这个糟糕的地区是借用的

一只13点15分的蚂蚁

大　枪

再孤独的世界总会有同行者
在中午的广场，我就和一只蚂蚁有了交集
我远远地看到了它，同时我看了看表
13点15分，时针向北，分针向东
我们向对方走去，我确信它看到了我
我能感受到它的触须在友好地摆动
这是一个有意识的节奏，而且
我环顾四周，附近只有我一个生物
它走直线，没有一点平时的迂回
距离越走越近，中间有一次它停顿下来
用上颚在一块水果皮上篦了篦
就像一个有修养的人约朋友见面
总会事先漱漱口，或者它可能意识到
和一个异类交往的困难，总之
它和我一样，都执着于打破这个中午
的孤独。它一次次把触须荡漾到最高处
像是荡漾传送信号的两根天线
这时候天空恰到好处地被搅响
许多午睡的人推开了窗户
我没认为这是我所偶遇的这只蚂蚁的功劳
在这个世人皆睡的中午，它和我
只是另一个被各自世界遗弃的孤独者
世界，是我在这首诗中三次提到的大词
其实我茫然到和它无关，在这种
时光里，只是一只蚂蚁选择了我
我选择了一只蚂蚁，就是这样

野 花

王　山

漫山遍野的花朵

鲜艳或者不鲜艳

其实都好看

没有人知道或真正记住你的名字

有时会迎风轻轻摇摆

也许有个姑娘的泪打湿了你

也就打湿了

你只是那么多野花中的一朵

又怎么样

不甘心命运的注定

到头来还是自生自灭

有一个诗人呈大字躺在山坡上

你装点在他的唇间

有一个哈萨克男孩策马迎风而立

你在马蹄下安安静静

也许

梦见了雷雨天气

进食甜食是给自己的胃行贿

花朵万千

我只爱

阅读八大山人之一：八大的白眼

姚雪雪

一道闪电掠过苔绿
莫名地不安
眼神里所有的不屑
此刻都与我有关

鸟儿站在一朵朵雪花上
梨花已白
谁是那个起风的人
吹走了花朵和绿叶
枯枝的旷野才是真正的旷野

没有谁能够盗走黑夜
和对世界无辜的幻想
声音的哑者眼朝苍天
他一言不发时
万物都在生发

真爱的放任

崔志刚

真爱的灵魂

要给另一半三次出轨的放任

一次给他或她曾有的初恋

初初的萌动　神也会原谅

二次给他或她的心仪

满足占有的原欲　就当是一个礼物

第三次给他或她一次偷情

不问因由的放纵

红　薯

田　禾

红薯容易种植，山旮旯

也能牵藤长薯。在地上铺上

土杂肥，不下三个月

藤叶就覆盖了地面

红薯永远在泥土内生长

根，深深扎进地底里

天气持续变热

使红薯一天天膨大

红薯刨过了
地上剩一层灰暗的浮土
一场霜降就要来临
山顶变凉了，在等着起雾

天天看着这个湖看得有点烦了

祁　国

正想拉上窗帘
恰巧看到一条破船
准备站起来
走着过湖
是的
它正被一帮人扶着
在口号声中
准备下水

欢迎来到岩村

格　式

岩村是诗人韩文戈的老家
1976年的大地震
都没有震塌
韩文戈
不是亲生父母养大的
他对燕山亲生的树影与鸟鸣
充满了牵挂
他反对自己的诗出现虎跳或断崖
急切盼望有瀑布悬挂
像姨妈后青春期的后背
疑似皂香蒸发

毗卢之境

陈群洲

山里还有更深的山。每一条小路
写满暗喻，有缘之人
都可能接近传说中的神仙

风带着隐语扑面而来。清凉阵阵

2013年 中国 诗歌排行榜

衡山神秘而辽阔。蝉鸣激越

这些高处的歌者，永远清一色的梵音
"一切终成过往。毋如放下"

石头般慢慢长大的树，寂寥
如星辰。从不知道生死、轮回的
晨昏和尘世间四季起伏

啜　泣

风　言

用我的筷子
换你的梳子
喧嚣把烟蒂的微光焊接在我的手上

死神和我正割席而坐
匕首因失忆而被炉火重置

我要等的火车还没到站
它将为我带来皮肤上的盐，嘴角的饭粒和母亲低低的啜泣

在雨中

红　力

雨越下越大，越下越大
一蓬竹成了我
唯一的庇护
我蜷缩在竹蓬的根部
像一条狗
借助茂密的竹叶
尽量不让雨水
直接淋湿我

本想坐在蠡湖边听雨
现代生活的服饰
已经让我失去了原始的野性
畏惧雨的淋湿
畏惧被雨淋湿的样子

在大雨面前
我向文明投降

额日布盖大峡谷

娜仁琪琪格

修炼了多少世　才能到这里

太阳照在额日布盖大峡谷　月亮也照在额日布盖大峡谷

深秋的戈壁滩　野茫茫的苍凉

深秋的戈壁滩

无尽的荒芜

远去的驼群　扬起尘烟

我们来到了　额日布盖大峡谷

你看你看那月亮的脸　你看你看那太阳的脸

它们同时照耀　额日布盖大峡谷

仰头就是重重叠叠

万卷经书

火红起来的万卷经书

每个人都有一座博物馆

阿　毛

左边的青丝，右边的白发

和中间的石子

你的室内有勾践、编钟
刀剑、针具、苦脸和蜜

有沙漏、竹简、羊皮卷
指南针和火药

你的胸中有酒樽、马匹
块垒、日月、山川和灰

有心脏和白色骷髅
有蝴蝶标本和黑暗居室

伪和平的射灯照着
啃过疆域、咬过界石的

牙齿

黄瓜的胎气

花　语

瓜秧上
每一朵盛开的小黄花
都是一根
小黄瓜

浇水时

我格外小心
水龙头绕开锋芒
避开花朵
避开小瓜，水锋
对准墙，或地
让水流
平实地，浇透黄土

不敢直接浇在黄花
或小瓜上

生怕动了
黄瓜的胎气

如果我是轻轨驶过通州，我愿意

李　茶

当轻轨轰鸣着经过通州时
我正提着2袋卫生巾
站在高架桥下

高架桥被突然而至的强大气流
震压得仿佛将要塌陷

我站在高架桥下——那
闪着光的冒着烟的亮着无数窗口塞满疲倦人群的轻轨

正从我头顶轰隆而过。一瞬间，我突然觉得我特别的安静

啊，如果我是轻轨经过通州，我愿意！

阿尔达布拉象龟在雨中漫步

茉　棉

大雨喧哗
像沿着海岸疾行的火车
阿尔达布拉象龟在雨中漫步
厨房里，豆浆机轰鸣

阿尔达布拉象龟
缓慢爬向一棵深绿色植物
伸长脖颈
吞吃新鲜的树叶
这是早上，最活跃、最清醒的时间

鱼腥草，花生，黄豆，燕麦
还有水
被白色豆浆机粉碎
一个人的营养早餐

我肯定活不到象龟的年龄，200岁
我缓慢地写诗

夜色撩人

晓　音

隐匿已久的黄昏
把一些碎片撒在窗台上
光折叠出黑色，黑色里的白色
点缀在远处

那是今晚的月亮
虽然，只是半颗
也足以使北方奔跑的卡车
慢下来

此时，那些头顶蛇皮袋的人
如同背负着房屋移动的蜗牛
他们小心翼翼，连喘气的声音
都变得十分的模糊

以至于，在不算明亮的月光里
和所有的人一样
我对眼前正在发生的事
丧失了最基本的同情和怜悯

减　法

从　容

雨水淹没我的城市
雷电笼罩的楼房总让我
想到一个男人在雨中关窗的动作
暴雨、警报、紧闭门窗、与世隔绝
我开始删掉手机中的联系人

第一个删掉的是一位董事长
他的壮阳酒正大张旗鼓地上市
第二个删掉的是一位广告商，
他在酒会上说，他曾经也是位诗人
第三个删掉的是一位童星的妈妈
那孩子的笑脸比成年人更迷茫

1000多个电话，我删掉了900个
已经离去的亲人，有时半夜醒来我还会拨号
死去多年的妹妹，她的QQ我一直没有删除
电视里的主持人拿着话筒焦急地报警
每个街区都有人正在失踪

我只想在每个城市留下一个朋友

殡仪馆王主任的电话
我考虑再三，决定保留

黄泥小道，及我的乡村叙事

谈雅丽

一个安静的、适合叙事的傍晚

一条黄泥小道通向莲塘和稻田

丛山之巅倾斜下来——

将影子倒映于黄昏的湖水

晚餐后母亲蹲在水池边洗碗

父亲站在药房收拾白天晒的陈皮白术

他把龟板放在最上层的抽屉

侄儿骑一辆红色的跑车冲上陡坡

又风驰电掣地冲了下来

左右乡邻和颜悦色问我家长里短

几家灯火照亮小城之夜

有时候昏暗也是一种心情

清寂中有狗吠传来——

卖家具的邻居年后搬进城里

他把房子锁好，钥匙搁在母亲的手上

母亲在堂屋唠叨昨夜突降的暴风雨

镇上傻儿来喜因雨回不了他的小屋

就在人家偏屋的棺材里睡了整夜

甜蜜而危险

东　涯

一个下午，我都在观察蜜蜂。
它的飞翔，像我的
早年：不知疲倦。甜蜜而危险。

一个下午，我都试图
从它对花的膜拜中
找到派生的精神法则：不沉湎，不迷失，
因此，没有回不了头的艰难。

它飞翔像隐士，短暂的停留像庄子。
蜂巢是完美的修辞学。
而思想，是蜇针。

一个下午我都在观察蜜蜂。
我的眼睛穿过了它，看向另一个世界。

石　榴

唐小米

石榴大着肚子
果盘里坐着秋风的火焰

一颗星球，被摘下宇宙之树
果盘里洒下母亲的泪珠

怎么会有这样的女人？一生怀着火焰和泪水
端坐在果盘里

就像一场春梦
等着豁开它的刀

沉默的人走过竹苑

谢小灵

黄昏时的寺庙，显出仙境
我们一起望向城中的灯火
中间隔着几百间房屋，几十条街道
我们的眼里都没有这些
包括年复一年的车水马龙

当时，我们四个人觉得好冷
人都笔直地站立在错层的青石板上
这种隆冬的季节
皇上派来此处取水的那一行人
应该都是长着忠的脸和心
无趣又无害的人适合去做饭去取水
我们此时生出一些惆怅
心里就知道以后会老想着，几重山之外的灯火
和此时的天空打了皱褶一般的藕荷色
我们都不是无处可去的人，我们是特意来到这里
就像一阵风靠风里的气力吹了过来
每件事情都得以舒展开

空椅子

林 荣

那个不停地对着空椅子诵诗的人
把空椅子搬上了屋顶

夜幕下的空椅子
一整夜都在听他朗诵

有些石头天生是来硌牙的

晨　阳

绵河里躺着无数的石头
每一块都有家世和独特品性
有人千里迢迢只为寻找配得上爱的一枚
我们这些自诩为人的人
哪一个不是沉在河滩的石头
被时间的水冲着，成为另一块石头的邻居和亲戚
根据石头的品相可以推断
哪些具备了转世的道行哪些还需要继续修行
急于转世的石头天生就是来硌牙的
总想往大米里跳
变不成大米就说大米是不纯洁的粮食

敬　畏

王丽容

据说人看到的东西只占4%
猫狗见到的也比我们多
比人群多得多的生物像另一个暗夜
注视我们
——渺小的人类

甚至，我们看到的自己
也只是影子

旧事物

余海燕

时光刚好
谁在抚摸旧事物中醒来
那么多暮色
像一杯酒
从天空倾倒出琥珀色的光

窗口望过去会有月牙的白
你在那片光里
远远地忧伤

皱纹打碎了面颊
有什么是不可言尽的

林荫遥远
这无尽之途上
那些细小动物
纷乱奔跑的声音
有精灵的纯粹与爱的卑微

现在，时光刚好，暮色永沉

夜　宴

亚　楠

他举重若轻。在微醺
的酒樽里
看见一只鸭子

飞舞。那是动漫的效果
夜饮者不作声
杯子轻轻晃动的
表情里，众人填满良宵

和一大片寂静
但窗外，落叶沙沙响
星光寥落
晃动的阴影中，他

看见自己的酒樽
漂浮……就像诺亚方舟让
夜饮者得以长眠

擦 拭

宗焕平

闲暇时，我哪里也不去，取一块

细而软的棉布，专心致志

擦拭家里的老榆木家具

一遍一遍擦拭

特别是，那些角落、皱褶和缝隙

我知道，它的内部，一定有

许多异物和旧的时光暗藏

包括一些痛，一些伤

一些思想和锋芒，以及委屈

即使弯腰、屈膝、侧身和劈腿

也不易全部清除，而不像

壁橱、柜子、桌椅的表面

轻轻一拭，就能光洁如初

世上许多事物，大抵也是这个样子

比如，坚硬的东西，往往要用

柔软的方式面对

隐匿的事物，通常要下细功夫处理

再比如，清洗面部是容易的

而后背上的脏物，若不借助别人的手

很难自己彻底搓去

大　鸟

宋峻梁

大鸟在傍晚

飞越了六个村庄

六张黑暗中的嘴巴

吐露白牙

它在一条

闪光的河流栖落

这是一条干涸的河流

没有水波，没有漂浮

它必须像人一样直立行走

仿佛一个怀疑者

脖子昂起，眼神迷茫

头上晃动黄色与红色的羽毛

但是随即

它的羽毛

撞在一辆汽车的保险杠上

巨大的轰鸣里

这猛兽

似乎是涌起的一个大浪

父亲来信了

骆远荣

父亲来信了
我小心撕开
然后数星星一样地读

父亲来信了
父亲来信了
其实父亲很少来信

父亲来信了
其实父亲很少来信
父亲来信了话也很少
就像从前他很少抱我，也很少揍我

父亲来信了
父亲来信了
父亲其实不会来信了
他已死去十年
在天上或别的什么地方
我一个人在地上
刚好被折磨了十年

雪的牙齿

刘　晖

雪会突然感到冷、饿，雪会
张开嘴唇：听听风会怎么说

房间里全是风的声音，灰尘的手指
写了一遍又一遍，是时候了

草尖上的血气嗞嗞作响
雪就像梦，离开时，才有影子

我不相信那个沉默的人
就是我，雪下了多久，他就看了多久

漫天的飞雪也不会回答我的问题
而现在，雪的牙齿把我咬得更深

方法论

刘　健

有人说

蚂蚁摔不死

从多高的地方

往下摔

都摔不死

我试了一下

的确如此

可想杀死蚂蚁

的那些人

从不用

这个方法

江　北

吴　晓

东江之北是狭隘的北方

我要说的江北与你的江北不同

每个人心中都有一条江

每条江都有一个方向是北方

你的北方可能充满父性或母性

我的北方却充满同辈的光芒
她生长于记忆和传说
在故乡的水杉林里
在滠水河如丘陵的漪涟的乐感里
农作物此起彼伏
兄弟姐妹们朝出晚归

东江之北啊一群来自中原的后裔
今天我和你们为伍
在茶香浓满落地的节拍里
在江北，我要说的是这广义的江北
还有什么忧愁不能覆水
还有什么坎坷不可以回避

下　午

顾　北

又一次听到铁皮屋顶的雨声。
田野上空的白鹭收起翅膀。
厨房轻轻冒出炊烟
风带动竹影打在雪白的墙壁
水槽里，看不出自己表情
第二栋左旁拴铁链的狗叫了半天。
仿佛有人说话，但
只有未知名的动物在林间
悄然走着。秋季

一切沉静

星星草像一本打开的诗集。

没有冗长的朗诵会

旅行，也是刚刚开始。

但我还是愿意为你

想一会儿。也许还有

许多计划，下午擦过嘴唇的

温情，都挂在红红的柿子树上。

晚霞开始俯冲。目光上升

在你背后的一直都是我的身影。

水槽水滴落。仿佛有人喊

拔葱拔蒜挖野生姜啦，

遥远的海犹如爱的姿势。

梁启超给女儿的信

云金立

看梁启超家书

其中一封给思顺的信

写完，并署上日期之后

梁启超在信的末尾

又特别补上一句

他说：忽然想起来了

然后接着说

一个朋友看到

那天晚上

他拿着一张纸
上面写满了
我想我的思顺
思顺回来看我
他问女儿
那个朋友可曾把那张纸
寄给她

立　秋

杨章池

从黎明赶来的鸟声累了
漏下的部分，刚够打湿路面
我从未睡着，也无所谓醒来
但，乡音加重了否定：

买菜人和晨练者，个个有我
翻译不了的面孔。
儿子在梦中与童年相遇：
"爸爸，我们不跟他玩！"
哦，世界太轻，我不得不
屏住呼吸

生　命

刘晓平

当生命像蜻蜓一样飞翔的时候
所有的花朵所有的小荷
都属于蜻蜓
它可以在自己喜欢的
任何一片水域的任何一个枝头上
栖息和起落……

时间对生命的剥夺是蛮横的
生命中的许多东西
说没有就没有了
如同蒸发
甚至闻不出一丝丝淡淡的气味

生命中有一种记忆
你会突然想起一些人
或是一些事情的某个细节
一些掩藏在岁月深处的人
一些被尘土遮盖住了的事情
就像夜行时突然见到灯光……

虚　构

高宏标

云，雾，黛色的山
水在轻风中流动，善舞的长袖轻描淡写
用一场若有若无的背景，躲在小说的深处
万物消亡之后，世界重新开始，鸟开始鸣叫
蚂蚁般的人物，粉墨登场
把他们一个一个唤醒，安插好我们的线人
爱情在最后出场
所有想象中可能的一切，都预留一个口子

夜太短，摒弃了许多无限制的结构
只留下最黑的部分
装饰每一粒文字，让光从墨的深处照过来
我给你们的最后答案
是唯一不需要虚构的

团聚日

杜思尚

白发痴呆的老母亲
正上下辨认

离家多年的小儿子
小儿子的手机响了
听筒里传来的
是大哥刚刚病逝的消息
突然清醒的老母亲
拉着小儿子的手问
回来见到大哥没有
小儿子坚定地说没有
老母亲转身走进凌乱的房间
颤颤巍巍端出三只杏说
儿啊，今个妈高兴
咱们吃个杏儿吧

海藻化石独语

郭宗忠

沉压在亿万年的沉默里
你让我得到了重生

从我被突然而至的岩浆覆盖
我所有的声音变得喑哑

我被挤压得只剩下一层纸
我柔软的肉体也成为石头的体质

这是命运还是万物的法则

我不抱怨，来不及任何的挣扎

我已经安于在黑暗里存在
我的思想也已不再是自己

如今我重见天日
我的躯体和灵魂依然被你喜爱

我已喜极而泣，与你面对
没有一句话，却是千言万语

两河口

陈　颉

两岸青山，一眨眼
闪出一座村庄，一条小船
摇曳在河面

岸边油菜花，一匹锦缎
几头牛，搭在身上
裹紧又松开

几只鱼鹊，黑白相间的飞翔
上上下下，征服一条河的江山

傍晚，月光如银

洒在澧水河面的清辉
被风吹散

孔子兄弟

其　然

我们一同去流浪
我们一同去讲学
弟子可以不要，贤人
刻成竹简，用《论语》的重量
去比试十六国城门的厚度
你可以用烟火煮相印
我却担雪水洗诗句
米酒与米饭，各取所需
对于晚间的闲风，你
可以不管，也可以
你用礼，我用仁
让大轱辘的牛车，不紧不慢地
在所有的道路留下车辙

相　反

第广龙

张扬着

华丽而累赘的穿戴

雄鸟在求偶

看到雌鸟一身邋遢

交配又只有短短一瞬

我总觉得太过不值

而不论雄鸟

还是雌鸟

表现出来的

都和我的观点相反

与落日书

许　敏

秋阳的悲正在于此，风吹动这些

落叶的乔木、灌木，没有哀悼的气息

万物都在挣扎。你也在说服自己

拒绝走进冰凉的石头与文字

在粗大的篱笆中间，落日以另一种方式

存在，以一种近似神灵的方式；

生活，因此安静下来，你内心的

卑微，隐忍，疼痛——荒凉着，孤独着

你已走过金黄的盛年，细碎的光闪烁

风越来越紧，要将这尘世收走

你一个人在秋阳下谛听天籁，飘动满头白发

群山比想象中还瘦，拖着最后的烟尘来见你

舌头下的睡眠加深，河流舒缓宁静

透着优雅，而冰山是一座教堂

在远方矗立，它是世界的一只巨眼

也是你的前世，知晓所有已知事物的命运

一刹那，落日烧红了天际

彤红的圆盘，沉沉地坠下去

一直沉到你的心底，钟声撞击

雀鸟四散，你用整个一生都没有找回它们

落叶是爱情的雀斑，土地的闪白

罗广才

我们是阳光下的阴影

落叶是爱情的雀斑

土地的闪白。

太多的语言都在飘落的途中

单薄。也从此精神抖擞

金色是银杏的晚年，不是末日

不是没有轮回的人的这一生

午后我就要乘航班返程

天上是我路过的一条道路

无法驻足，也无法停留

这天上的荒野铺满灵帐

我们是一群置之死地而后生的人

不知不觉中，我们的身体

在阳光下，长满爱情的雀斑

我们这些石头

段光安

山坡上

棱角分明的石头

相互熟识像村娃

突发山洪

随泥石流滚下

汇入江流

冲刷

冲刷

冲刷

分不清彼此

变得同样圆滑

我们这些石头

砸开依旧棱角锋利

不信你砸

明月之歌

景旭峰

让我来描述你绝色的容颜：明月啊
你用你绝色的容颜，提走秋天的魂魄
正在降落的秋天，丢失了飞翔
请打开这明月映照的爱情
皎洁的爱情，只要一次
仅仅一次，就足够使世俗的心受伤
使节节败退的阴影返身奔跑
一路跑出月光的追击，这逃亡的身影
迅速将无边芬芳，传遍古代的扬州

请让我在焦急中说出真相吧：
普天之下，共享三分妖娆的明月姿色
芬芳的扬州啊，竟如此轻易地
就强行独占了其中最含情的二分

我看见了这样的事实：扬州啊扬州
是明月皎洁之夜，一地碎银似的月光
让我感到了美的重量，吹箫的玉人
红唇皓齿，凭栏斜倚二十四桥
谁又摘下琼花，插上她蓬松的云鬟？
她在水中看清了自己的影子
风花雪月映衬下，她轻盈的风姿
让一湖的水变瘦，慵懒的云鬟
斜插琼花的妖娆，让一个朝代承受不住

所有纨绔梦中的魂魄，让我来爱你
让我的赞美诗把绝色的容颜写尽
然后献出让我吐血的一个词：明月
为你疼痛是我一生的理想
我吐出鲜血，染上琼花芬芳的衣裙

我要在无边的月色中说出另一个真相：
迢迢水边秋已尽，碧色之草还未凋
我要像末代隋朝昏聩的帝王一样
被二十四桥凭栏吹箫的皎洁玉人诱惑
为你轻轻抛弃手中的锦绣江山

一只朴素主义的船

张　萌

我用暮色唱晚。
层峦叠嶂的山，把一只忽近忽远的船变蓝
船舷处一瓶黄河上游的墨被打翻，以致人烟稀疏
归期是它的风帆，一只朴素的船
它把一些晶莹，比如浪花，比如森林的喧哗
留给了体外的生命，因为
它已耗尽了大地的赠予。耗尽了一棵树木的
二分之三；
此时，你用一支长笛
呼风唤雨，而我
与一只朴素主义的船相依为命

寂静是一个白昼的沉积

安 谅

这寂静是一个白昼的沉积
躁动也已被安宁代替
站在时间的交叉点
向往以及回忆
我坦白说
我酷爱此刻的安谧
因为万籁俱寂
我只听到诗歌在悄然私语
喧嚣的事物
还有多大膂力
它还不能跑出黑夜的界域
世间万物
从来都是不可思议

一个鸡蛋的传说

苇青青

你是一个多么文静的个体
通体冷肃，环视身外虚空

234

以静物者身份活下来
连喘息，都憋在心脏

不触碰那些浮泛话题
比如金钱、权力，交换与被交换价值
安静的意志高过岩层

你的命运不无悲凉
被吃掉，被摔碎，被瞧不起
三条路
哪一条都是你的绝路

而你，用窒息的气力
孵化一个头颅
一只啄食的嘴，碎壳而出
一个传说，沾着血迹和毛发
为爱诞生

射伤过爱神的弓

赵　源

我老爸的旧铁弓终于断了
像折断的骨头
可惜他腾空而起的一生
作为一个结果，所有的箭回到了地球，在一条曲折的路
让我们去阅读吧……

午 间

张红伟

坐在午间的梧桐树下

阳光的碎片于我身上轻浮放肆地压下来

行人像是鸟的羽毛飘过

几只黑蚂蚁在脚旁忙碌

发疯的街道像是一个圈套

套住了我瞬间的玫瑰

城的喧嚣是活的喧嚣　高低错落　庞杂而零乱

叶子沉闷的呼吸　像是问路大爷的声音

孩子　天坛路往哪边走　红红的眼睛像两片红玻璃

对面的水果铺百货铺理发铺在等谁的碎片

而我又是谁要等待的碎片　在流水里泡着

在杯子里冲着　在空气里飘着

家只是一间房子　在楼的缝隙里锁着　房子是空的

除了我读过的书籍　一把破旧的藤椅

一张覆盖着孤独的床榻

在午间我出去以后　安静地守候着

峡　谷

郭密林

谁把一带水声扔过山去?
扔过去——

群山的伤口
流出白色的血来!

费斯汀格说

巴　客

费斯汀格说，当你亲吻10%的世界时
另外90%的世界就变得
非常愚蠢

费斯汀格说，陌生之域跑动着的猛兽
跳动着我的心，我有大把时间
去跟踪它

费斯汀格说，如果时间不够了
就请晃动白昼，这样
夜晚就如期而至

沉睡于旧书堆中

马　英

沉睡于一堆旧书中。
在我入睡之后，那些古人
陆陆续续地从发黄的书中走出来，
他们俯下身子，看我。他们
相互之间无声地交谈，
商量如何把我解决。
那些活佛，作家，美丽的女人，
或者故事中的侠义好汉，
穷人，妖魔鬼怪，遁入苦难的人们，
他们都深深地爱着我。
因为，他们在书本里复活，
跟我生活了很多年。
当我从旧书堆里打着哈欠醒来之时，
他们都不见了。
那些陈旧的发黄的书，
一动不动地待在原地，
书里的人屏住呼吸，都装睡。
岁月的深处，我的脸，
变得和书页一样沧桑。

琴 声

涂 拥

楼下的手风琴声

灌进我耳朵，全是那个年代曲风

拉手风琴的人

应该早已退休，他不可能

再在广阔天地亮嗓子

可我还年轻，不知为何

听着那拉得像铁锯的声音

仍然兴奋，有那么瞬间

我甚至感到置身大兴安岭

开起了拖拉机

柳 杉

弃 子

一些粗枝突然折断下来

像震颤在年轮深处——

伐倒的是一棵柳杉，有一截

横进了院里。

我记得他是怎样用短斧

开始朝上清理枝节，

仿佛和周围一切无关。
仿佛和周围的一切无关。
一些粗枝突然的折断声
就如关上的某扇窗
重又打开
无论在怎样的日子中。
我记得他是怎样用短斧
开始清理枝节——整个午后
父亲并未离开过院子。

哈罗德之十一

雪　克

哈罗德会做梦
做千奇百怪的梦，但从来没有梦见
爱过的女人
哈罗德向神父忏悔，还不远万里
请教网上的中国禅师
他们的答案如出一辙——
不负则安。
哈罗德舒了一口气
可就在当天夜里，他梦见死去的
情人，从坟茔中坐起
一只长尾野猫
趴在他的西窗外，眼睛幽蓝。

短 歌

凡 果

一

白鹭孤独的影子
是时间锋利的剪刀

在距离与思念的搏击中

二

你乳房里的小结节
是清冽溪水中的卵石吗
拂晓的忧虑。载着
落叶的火车

那些冬眠的舌头，比时光更深刻

读不懂的目光

冰　峰

大青沟，一只花栗鼠
从我眼前跑过
它用警惕的目光看我
慌张的草
摇晃着

我的目光尽量亲和
流露出善意
我低声说，你好！
花栗鼠没有回答
一溜烟儿跑了

回到家里
我看见
一只花栗鼠
总是在你的目光中奔跑

黑色耳钉

米 拉

你头发在后海黄昏的风里舞动
右耳黑色耳钉在夕阳的余晖里晕染成金色的永恒
后来的后海没有你，没有黑色耳钉

牵牛花

木多多

选一朵蓝色的花，插在云鬓
这是当年，我为他做的仙衣

白、蓝、粉、红、紫，他独喜蓝色
让世人以为，我只做一件衣裳

花心向上，是我心中的喇叭
如今，他在天上，我在地下

不信，你仔细观察，花开七月
丝蔓上的那些叶片，像不像
——破裂的心

猛 虎

王 月

心底的猛虎
沉默了许久
不曾向病魔发威
不曾向黑暗怒吼

那一角的蔷薇
清香，美丽
沉睡了千年的猛虎
身心的无力
仿佛，永远地睡去
是最大的安慰

细嗅蔷薇的猛虎
觉醒了
战士，永恒的角色
王，深印在头上

樱桃与灰鸽子的坠落

王保友

我目睹熟透的果实，从樱桃树上坠落
将树冠覆盖的地面，砸出密集的凹坑
仿佛一场轰炸，刚刚结束的场景

一只灰色的鸽子，自屋顶坠落
我准确地捕捉到，它头颅朝下
栽倒在地的画面

碎裂的樱桃果儿，来日发芽的果核
猝死的鸽子，传信的宿命
都在坠落中涅槃，轮回转世的生命

整个世界，都在放映无声电影
我们就是不具名的观众

眼　镜

王琪博

年轻时　我们高瞻远瞩
老了　鼠目寸光
度　架在生命的鼻梁上

青城山的道家泡菜

文佳君

师傅说青城山的道家泡菜
是不会生花的
师傅的泡菜罐子是泥做的
泡了一辈子泡菜的师傅
说他死后会埋入罐子的
罐子的泥土之上会有花朵盛开的

山坡的葱茏

苏丽雅

山坡的葱茏抬起我的仰望
小鸟的叫声向我俯冲
蚊蝇，柔弱的蚊蝇
跟着云游向我俯冲
我感受到天空的厚度
使我孤身于井
天空倒若井，台上有窗
三三两两的雨声飞入草丛
窗外了无声
小鸟的叫声向我俯冲
我的仰望抬起山坡的葱茏

南 方

未 来

南方的死亡由树开始，我已备好挽词
对于一损俱损的生活，我早就厌倦
还有那些随处点赞的稻草人
不如等木乃伊归来，陪我一起看白骨大坝

徘徊于斑马线的瓮里
江流千里，这是仅存的天地之歌

山色前，溃疡的草刚刚返青
等你回到人间，复活的神
我给你的挽词是空的
没有什么不在死去

暮 色

宾 歌

群峰渐渐矮了下来，落日挂在树梢
像一朵暮霭里藏身的菊
一群麻雀扑落田野，炊烟升起
层层加深的墨色淹没山峦、庄稼和村舍

247

它们需要片刻的休憩
河水披着星光走向远方，人间悲欢
来自它自身制造的动荡

惊 叫
——夜临长崎稻佐町之一
李天靖

银河之上，稻佐町之上
明净的北斗

神的手在光的岸边
舀一勺圣水

喂着那个哭着痛着渴着喝下
漂满核爆物的女孩

我仍听见复活的孩子
与颤抖的星云一声声声

失声的
惊叫——

蔗乡女子

汤松波

蔗乡女，走在春天的田埂上
阳光紧跟身后，一颤一颤的
她们怀抱果蔗含蓄的梦
梦里铺设的甘甜和香气
温婉而朴素
她们身边蔓延的绿，也是矜持的

春天的涟漪，是一首山水诗
蔗乡女，是诗歌里最明亮动人的句子
她们的明亮，来自脚下泥土的芬芳
她们的笑容，就像木棉花一样热烈
她们草帽下的眼睛哦
能够接受比春天还高出个头的赞美

声音高度

罗　至

我说这声音还小，刚满五岁
你说这声音十二岁了，也许更大
我说现在确信，这声音二十五岁

你说肯定不对，明明三十岁不止

我说没有错，声音迈进四十岁

你说判断失误，它已五十岁有余

我说声音渐老，六十岁，不，七十岁

你说老倒老了，八十岁，不，九十岁

我说这是怎么回事，你说越听越糊涂

我说这声音好像刚刚诞生

你说确实是呱呱坠地时的啼哭

胡不归

唐　月

你脸上的暮色笼罩了

整个村庄。

烟囱里竖起的炊烟

有不为晚风所动的灰色平静。

夕阳落入杯中

两个大海溢出。

我是干净的。

在洗净乌云和弄脏白云

之前，在谙熟河流的身高

与群山的三围之前

我是干净的。

我是不能与你相爱的，明月。

食鱼记

许百经

多么富足的现在
什么都不缺
除了蹦跳的呼吸
生命的甜蜜无法想象
多么残忍的从前
自我进入命运的洪流
探测历史的深度
一次失误遍体鳞伤
多么苍茫的以后
一根枯骨丢在泥里
野猫打着饱嗝
寻找消逝的残霜

雪　人

李爱莲

一只手，奋力伸出去消失了
头颅高昂，没过多久也消失了

太阳升起，找不到自己姓氏的骨头还保持期待的姿势

身份像一些死去的碎片无法确认

远远而来的光，不像是河流进入河口迎来新的诞生
而像是吸干水分的沙子

隧　道

樵　夫

通过隧道，成人礼像一种仪式
坟墓长出新草，天空被云涂抹
蓝色，制造水，制造成长的梦境
在四壁空空的房子里，坐满失聪的听众
关于季节的传说，像一只去了皮的苹果
最鲜亮的部分，留住阳光，被丢弃
午夜奢靡，红酒，液体摇荡
像雕饰的红唇，像初夜的血，
擦拭不掉的云翳，以隧道之名
做一个涂层，遮盖住袅袅梵音
红墙之内，几个影子成为舍利
更多影子出离尘世，又被尘世收纳
"死者也许在轻轻细语
讲给西洋樱草和紫罗兰，
没有一个活着的人能听懂。
死者比活者知道得更多。"
隧道，也许是下一个罗生门

杧果砸到我的头顶上

赵俊杰

树上的杧果掉下来
碰巧砸在我的头顶上
我并没有感觉特别的意外
在我这条道上
我走了十年
每年都会有杧果砸到我的头顶上

一堆木材

书　香

黑暗的地下室里
有一堆木材
是装修剩下的
它们长短不一
有的是长条形
有的是长方形
有不少的木条
被工人踩断了
断裂处叉出的
锋利的木刺

让四周的黑暗
虚弱不堪

老　家

杨　罡

就算在悬崖下面
有个老家，也是好的
万一哪天不小心
一脚踩空，醒来后
你便回到家中

杨树林

洪宗甫

河滩上的杨树林
是堤岸与湘江之间
隔着的一层层帘子
我闯入树的世界
将身体弯成杨树倾斜的方向
有些树干

布满枯萎的黑洞

在黑泥上匍匐生长

它们落光了叶子

叶子沿梯田般的泥层

下到河里

湘江北去

树干向南倾斜

我不知道是怎样的水涨水落

顺流逆流

才会如此

我此刻弯曲地活着

像杨树林里某一棵树

伤　逝

李冬平

一只受重伤的黑蝴蝶扑倒在地上

阳光下，翅膀闪烁飞翔的痕迹

它试图飞起来

挣扎了一下，又挣扎了一下

一声惊雷刺破了天空

这情景，多像三十年前卧病不起的母亲

那最后的抗争

印 记

康　城

一群人进入山中
带回鱼腥草
被鸟啄了几口的柿子
酒的清冽和土楼的复原
无形的山中印记

一个人进入另一个人
彼此在身上留下烙印
而你从一个人身上走出
同样带上无形的印记

南坑的咖啡
红柯树、新罗村的酒
打上神的印记
也无法消除
蜜蜂粘上纸条
飞舞的人间印记

一起等候吧

杜 华

忽然安静了，一束凉风从屋檐下穿过
还来不及捕捉。那堆紫色的云，一颗一颗把星子挤落
碎碎撒在黑牛的眼睛里，鼻梁上
暑热从池塘，树梢，屋檐下的土墙升起，湿漉漉扑过来
矮壮的黑狗，在树洞寻找昨夜那只蝉
马齿苋瞅着蚯蚓松土，一寸一寸往上长
它们不知道，雨就要来了
世界，将暂停一秒

我们像啄木鸟一样天真

海 啸

谁的锯木机
齐刷刷地收割
这一片片生长的森林

腐朽的阳光多么温暖
鲜花簇拥的冬天
富丽堂皇的殡仪馆
也是温暖的

所以，我理解了暴雪的愤怒
也终于看到归家的路途
如此遥远

我们不断擦拭着伤口
像一棵绝望的树
孤独、脆弱，抱疾而终

死亡手

战卫华

舆论的嘴钳

咬裂

迷彩命脉——
在奔涌的决口
死亡的手——
狂按——生理的"创可贴"

温　暖

姚　娜

有两种温暖
一种在火炉边
一种在冷风里

发光体

张浴葵

我绝非草木
但也无法确定
是星星
还是萤火虫
我常常惊恐于
浩瀚的身体
黑暗无边
却又突然
被翅膀照亮

此 际

应文浩

他一个人在屋里
灯光宠着
此时，他面色温暖
如一个世界的中心

外面，月光正开着
那白色的光辉
慢慢透过窗子
寻找他的脸

和外孙兆哲北山散步，忽然想到……

柳 苏

磊落的内心
再也找不到阴影
经历一场灵魂的剃度之后
整个身体纯洁而通透

肯定有一种刺激
让我忽然想到了父亲——

面对树上开始发黄的叶子
反复讲述根系的故事

我们都是深爱社稷的人
不愿空负河山。潜心
用一根骨头的疼爱
点亮宗祧相传的灯火

我多像我的父亲，最终
爱得坦荡，纯粹

一个人的生日

向天笑

晚上，突然停电的小区像一片废墟
我一个人就坐在这样的废墟顶上
看见黑暗的毛发一丝丝闪亮
慢慢度过自己五十岁的生日
没有烛光、蛋糕，没有电话、短信

房内的黑暗像丝绸围巾披挂在我的脖子上
柔软、冰凉，如同肌肤般滑嫩
窗外的黑暗像巨大的鸟巢
此刻，多想长出一对翅膀
纵身飞下，便可抵达天堂

我不知道我父亲是什么时候进来的
就坐在我的旁边的沙发上，默默无言
静静看着我抽烟，一支接一支地抽
他一句话也不说，目光里转动着怜爱
一丝丝的黑暗，在他背后烧成灰烬

小 院

钟建春

2018年，我的梦想是造一个自己的小院
种桃，种李，种草，种满过去的时光

砌围墙的时候，我会交代工人
"不用太平整，不用敲掉棱角"
我的意思是，处世有一点锋芒，也好

粉刷墙壁时，我会跟工人反复强调
"不用太均匀，不用太细腻"
我不想隐藏，生活粗粝的本色面貌

装院门门板的时候，我会去一趟旧货市场
"就要有纹路的榆木，就要有裂缝的这张"

来年开春，春风顺着纹理认路，它呀
不用敲门，自己侧侧身，就能进来我的院房

下过雨了

鲁　亢

下过雨了大家的心情也放轻松
冷漠照旧刻脸庞，可以忽略
爱看不看。海面来的风会慢些
树叶尖颤动的风来自内陆

从儿童鞋店走到隔壁的儿童鞋店
小女孩在拐弯时做了一下扩胸动作
天一片一片地黑，很好取景
却让心若死灰的人
更有理由想到好景都归别人
歹运就如背上的粽子叶

每天有可能无事而日暮
却于此刻气温陡然升高，城市破相
晚上碰面的人聊聊事不关己的大事件
快来的台风途经东北角成形
从来没有过，但真的

我觉得那边那位女的
她快撑不住了，已经坐等一天
她曾经是我的卑贱的奶娘
还是自小失联的三姐呢
正在微信里问人：
　　"你还在外面吗"

蝉

北　琪

声嘶力竭，几乎喊破了喉咙
世代相传着一个人所共知的预言
夏天来了，热呀，热呀

作为一个平庸的预言家
可取之处有三
一是他金黄的外壳可以入药
二是他造就了一个成语一条妙计
三是他为孩子们的童年带来了欢乐

当他透明的翅膀
在一丝细微的风中轻轻震颤
秋天就要来了，他也将结束短暂的一生
来不及思考，根本无法讲述命运

日子瘦了

柏　川

虚胖的日子
突然瘦了

2013年 中国 诗歌排行榜

熨帖于词语中骨感而鲜亮的
存在
像大病初愈
站在春天里

六一快乐

田　庄

从一出生
我的儿童节就开始了

我相信我是在一天之内速速变老的儿童

当再也没有谁逼我快乐
我相信我就会
突然

快乐起来

雷 神

蒋 娜

乌云压顶
我们一家人坐在院子里吃饭
进来一个人大喊："锄头在哪里？"
我父亲起身找出锄头给他
他大步流星出门就往东边去了
他一定是雷神，去挖开天井冲的水口
虽然母亲说他是一个总来借东西的邻居
我不信

光在说话

田文凤

北京黄昏
神掐着指头
随手一翻，把天空拉黑
夜的版图上
很多巧克力被夜的胆汁涂抹
有些光从窗户溢出
像一些沉默一整天的人
终于开口说话

宋 瓷

蒲小林

风是烧不死的
如果时光是一阵风
时光也烧不死
大宋，甚至更早一些
一团火，以瓷器或碎片的形式
烧死了自己

千年历史，不过就是这样一场
以何种方式赴死，或者以何种方式
求生的简单游戏

多年以后，在我老家遂宁的菜地里
一把锄头再次挖出了火
但锄禾的老人并不知道
他是挖到了火本身
还是挖到了火的活口，又或者
他仅仅是挖出了藏在泥土中的
一段时光

红星路二段忠良可靠

张 杰

晚上十点二十八分
红星路二段忠良可靠
迎接我下班　朝向建设路走
武成大街　道路宽阔
我跑起来　大地在后退　夜在向前延伸
转到四圣祠街　世界被我甩在身后

分 别

云 清

车到奈伦旺兴园公交站
看到一对恋人难舍难分
拥吻告别
公交车开动了
那位中年男子挺着
胖胖的小肚子
与车上人挥手
女子上车
站在我旁边
手里提一个

2013年 中国 诗歌排行榜

长方形纸袋子
里边只放着
折叠整齐的蓝格床单
蓝格床单很轻
女人看上去心事重重
蓝格床单很小
纸袋子空荡荡

从前慢

赵晓梦

那时候时间都埋在土里
阳光埋在土里雨水埋在土里
庄稼埋在土里只有云在天上
一觉醒来，牛还在身边吃草

比背篼先填满的不是草
是肚皮的饥饿和母亲隔着
田间地头甩来声音的目光
阻止伸向玉米红苕的镰刀

汗水和饥饿成为时间的刻度
一个在泥土里快速扩散
一个在胃里快速膨胀
只是该死的太阳还在山坡上

星　光

张明宇

父亲要走的那几日
一直迷糊
不知他是醒着
还是睡着
只听他
喘息如牛
有那么一刻
他突然眼睛睁大
孩子般的眼神
闪烁星星一样的光芒
他似乎明白了什么
但他啥也没说
只是怜爱地
看了我们一眼

众　神

周春泉

在幕阜山，当你�上一群或零星
用心探路，用手势说话

且站立不稳，甚至在路头不会让路的人
你最好不要轻贱或欺负他们

他们活着，虽不如城市某一只宠物
但是，他们绝对是山村的神
他们的前世，或许就是来自天上
幕阜山，对于他们有着骨头一样的尊敬

白　露

念　琪

闻到空气里散发出兔子的香味
白术也像幽灵似的到处游荡

衣冠楚楚代替衣不蔽体
湿气覆盖干燥的草

鹿茸沿着长长的跑道奔走
血正在涨潮，漫上海岸抵挡北方的无情

即使够不着你，白露
一头强壮之牛，破冰时足以耕犁春天的肉体

草原日出

罗鹿鸣

地平线用力地拉开天空的大幕
曙光的前奏曲之后
一轮红日雀跃而出
草尖上的露珠，喜极而哭

霍去病墓前的马踏匈奴石刻

洪　烛

在河西走廊遇见马踏飞燕
又来长安观看马踏匈奴
是同一匹马吗？不只模样
连精气神，都那么相像
也许这是同一匹马
分别由青铜与花岗岩塑像
也许这是不同的马
却有一个共同的主人：霍去病
为了安慰这匹凯旋的马
连霍去病的坟墓
都修建成祁连山的形状
英雄不管在哪里

哪里就是必胜的战场
明明只是一尊石马
可石头的毛孔，也会流血、流汗
这是一匹汗血的战马？
不，更像是战神
令每一个看见它的人
血脉偾张

春日山中

慕　白

进入腹地，山峰耸立
沿着溪涧前行，小径芳草
空山新雨，坐看云起时
鸟鸣嘤嘤，嘤嘤，嘤嘤嘤

松鼠跳跃，在林间，带着野性
熟练的技巧，你动，它也动
进进出出，进进出出

曲径通幽处，桃李怜花
忧虑、饥饿、疼痛、慈爱
春风缱绻，山水之间

罗卡角

陈泰灸

一匹骆驼

驮着瓷器丝绸从长安出发

走到这里

到了路的尽头

一个太监

带领船队七下西洋

走到这里

找到了大海的源头

他们把这些告诉了一个叫卡蒙斯的本地人

这个人后来成了葡萄牙的国父

他有一句名言刻在碑上

中国人翻译成：陆止于此　海始于斯

我在这里请深圳诗人唐成茂上了趟厕所

花了五毛欧元

冬　天

老　贺

一棵树上挂满了

耳朵，它听见

远方的蛇，纷纷
爬出了自己的身体

处暑辞

周　朝

天地始肃，不可以赢。
——《礼记·月令》

这一天到来时　如果雨还在下
那一定是上一年不忍离去的秋声
我动身已经很久　走过万物和路人

一个时令就是一次宿命　或者启示
周而复始的整肃慷慨收纳溽暑的气节
包容下倔强的态度和隐秘的爱情

从乡村出发的农事是照拂城市的云朵
谷连藳秸　黍稷稻粱　这些名字适合牢记
它们翻越田埂　拯救浮华的口号和言语

历书上说　这一天宜出行　订盟
从南方一直向北　经黄河过燕赵抵京都
宽阔的秋色布满民间　八月不容懈怠

春天的行者

周石星

出门的时候，天上下着雨
我是一个不会看脸色，也不会看天色的人
正好，我本来也不想
举着一把保护伞，拒绝这春天的
雨

与阳光一样，这也是天赐
雨落在头上，我感到一阵被摸顶的
战栗

零碎的现实

李　浔

仿佛没做完的事，都有另一个结果
才把落日又看了一遍
乌鸦就把湖水、树林、村子都叫黑了

仿佛命与运都是一个腔调
都会在自己的穴道上点过一遍
但苦命的床上仍会流淌着春江花月夜

2013年 中国 诗歌排行榜

仿佛做过的事，都有同一种回报
被人赶走过的河
只会在喜欢的人面前流得慢一些

婴　儿

龚学明

"无边落木萧萧下"
车往苏北
穿越于分裂中的疼痛
"季节比我敏感"
而我不知要添外套还是薄衣

我愿意以一棵树为参照
相信季节是可信的
但一早起床
我有婴儿的感觉
我所有的器官都是新的
我的哭是完好的
这绝不是错觉，我周身温暖

秋风辞

郭杰广

做胶水的张飞，被锯掉左手
锥心，是疼痛么？麻药过后来了……
他用最强力的502，也粘不回手还有青春

秋风，吹落年轮的叶子
他用右手，摸一下左边的义肢
像握住一个陌生的兄弟……

旱　城

刘傲夫

洒水车
路过小城
它发出的声响
像我年轻的妈妈
在踩踏
缝纫机

雾　中

伍岳渠

光像金子，但它尚未降临
雾中，我仿佛跌入无边的河流
我因此无法成为发光的事物
雾中，万物接近虚无，
尽管它若隐若现
风暴在内心渐归于寂静
像繁华落尽
又一天在轮回
让耳朵静待光的声音
把命运交给大地吧
让大地自由安排

微小的事物逃过眼睛

吴夏韵

唯有向阳而生的阴影，逆窗而流
它的源头就岔开云两端

雨水的洗涤，构成记忆
又以长针之势深锥入未命名地

那里立起满怀桃树的皱纹，仿佛
爱的裂痕，已经容纳月色种种幽暗
直至，桃枝漫出通透的金黄体

四月将近

方雪梅

日子过着
四月就从天际铺向脚踝
我鞋子底下
沾着肥沃的土地
桃花灼灼　李花如雪

细雨微风的土里
种下的东西都会发芽
我一直在等
泥巴下的外婆和母亲
抽芽　着花

我的眼泪和海洋的味道一样

恩克哈达（马英　译）

人和鱼之间的距离叫作故乡

鱼和鱼之间的距离叫作大海

我的眼泪只从我身上来

所以我的眼睛是咸的

鱼的眼泪从鱼的故乡来

所以大海统统都是咸的

暮晚辞

方文竹

万家灯火将要亮起　宛溪河边的我

多么孤单　会思考的芦苇始终站成一排

一棵扬花的树在风中自问自答

一只入巢的鸟将天空当作故居

然后拆迁

万物已经归顺　人间的地盘已经不够用

星宿的客栈收留下少量押韵的翅膀

海面上　已无狼的传说

落日是一只巨大的提篮　此刻
却不需要我来拎着

大　雪

阿　成

午后，母亲用一只旧木盆，外带
一把菜刀，就砍下了白雪的头颅；

确切地说，她在雪堆里
挖掘了我们的中餐和晚餐——
那时，我和弟弟正围坐火塘
她一双通红的手，在炭火上
搓得雪末噼啪作响、泪水横流；

她有三口大锅，再寒再冷的冬天
也经不住那松木柴火，整日的
蒸煮啊——腾升热气萦出的
一棒棒金黄苞谷……

飞翔的蝈蝈

田　斌

是雕琢的一块翡翠，在飞
是一道绿色的闪电
一闪，拂动茵茵草地

是一种簇新的想象，在飞
飞翔的梦
承载多少祈望

唧，唧，唧。琴弦弹拨的声音
在飞。飞过阳光，飞过草地
那稳都稳不住身体的草茎
在晃

在翻飞的思绪里
芬芳在弥漫，在四溢
那只飞翔的蝈蝈
牵着我的目光与心
神驰，沉醉在茵茵草地

等石头死去是多么可怕的事情

李庭武

慢慢坐等事物一天天变白，变干
像一条活蹦乱跳的鱼变成石头
多么可怕的事情

河水褪去衣裳
石头像毛孔呈现

再坚硬的石头也有风化的时候
比如一天天变干，变白，变成细沙

要救活石头无非两种情形
地下的水漫上
天上的水落下

不，还有一种，石头内部的水
这样一想，石头的皮肤，渐渐潮湿
红润

老 牛

成 颖

夜晚推迟降临

老牛，刚好进棚吃草

青青的草汁

顺着左右移动的白色牙齿

直下寂寞的胃

老牛不怕

你的凝视和拍打

它们，吃得牛气冲天

嚼得坦坦荡荡

一天的劳累，已成为过往

它们对得起田野

无愧于这一槽青草

当老牛用蹄子，轻快地

敲击泥地时

月光流淌的声音

席卷了，寂静的平原

栅栏表演

王十二

一只蝴蝶，在秋后的黄昏

独自占领了一排铁栅栏

它飞舞的时候，从一个枪头

到另一个枪头，全然不知斑斑锈迹下

暗藏的杀机，它伫立的时候

纹丝不动，像一团铁锈

悄悄开出的花朵

小提琴的黄昏协奏曲

鲁 子

深闭门。孤独是信使

带来远方和远古。

当日照从香炉中逐渐熄灭

窗外，一支高调的小提琴曲

刺破天空，它为我点燃了晚霞

并伴随着一群乱鸦

栖歇到对面屋顶的瓦楞上

有几片羽毛，迟迟不肯降落；

穿堂而过的风掠过来

将琴曲的低音按在水泥墙上
墙角的三叶草缩紧了皮肤；
同时，那琴声也飘落到了池塘
和着天光云影，低回
并没有立即被水面所吞噬；
当最后一个乐音
以每一帧一个窗户的速度
在帘后落幕，仿佛诸神退去
只留下一个寂静之神
用默哀，向万物，道别；
再抬头时，天空已悄然换屏
——满天星光的音符

月亮一声不吭

楚中剑

今天
我们谈谈月亮

月亮住在蓝天上
满心欢喜的高楼
和所有楼顶
的灯光一样
微笑的声音荡漾

楼顶一轮明月

明月拥抱光芒

光芒万丈鸟语花香

和所有会说话

的眼睛一样

照亮电波经过的地方

深圳湾的红树

华侨城的峡谷

梧桐隧道

大鹏所城

时间见证了历史

折腾丰富了人生

青春是黎明的狮子

月亮一声不吭

紫色的星

彭惊宇

高远的天穹上，有一颗紫色的星

它是我黯然一生中最明媚的憧憬

多少峥嵘岁月，落寞红尘，无语沧桑

而唯有那紫色的星，能把冰封的爱唤醒

也许是在青藏高原的星空蓦然相遇

紫色的星，仿佛光明女神蝶翩翩来临

它那清纯超凡的倩影，触动我倦怠的心灵

它紫丁香般的芬芳，留下雪域少女的温馨

这是怎样一种莫名惆怅又难以挥去的怀恋呀
紫色的星，璀璨着信念的元素，和大地的酩酊
永远不会再有倾心一握、激情相拥的时刻了
我为何还要举首仰望，为它奉献毕生的衷情

紫色的星，在那高远复又高远的天穹上闪烁
它是我内心最高的星辰，是旷世的守望魂牵梦萦
紫色的星，是你把高贵的美丽化作了光明
在那黑水苍茫的大海，你是昴星指引我的航行

白 马

王桂林

乌兰巴托在深夜
还在下雨。
茂密的灯光被雨淋湿，
像群鱼之眼。
我见过大海，也曾习惯于
用意象比喻生活。
但今天我不。
如果说
此刻我站在十九楼窗前
是为了等待一个奇迹，
不如说我更愿意相信

不可能即是可能。

每一片草原都有一个神话。

今夜，也必然会有一白马

踏着水花向我驰来——

站在窗前，威风凛凛。

寂寞是一粒寒冷的沙子

田　人

她是一朵俗世之花，开在我的身边

相望成永恒。之前的生活我说不出意义

她现在也不会看到我

在这里，我是一首被束之黑暗里的诗歌

寂寞算得了什么

许多情形下我只去想想她简单的手势

像一粒寒冷的沙子，像一件瓷器

我也不会有别的需求了

那篝火的青烟，那加深的夜色，那孩子的闪烁

和她那在沐浴中婉转的身材

还 工

游连斌

母亲来宁德没几天
就赶着回去
说是要趁天没大热
回去还工
父亲走后
家里的农活
她请人帮忙做
人家不要工钱
但是要还工
去年欠下一天
今年要干两天
还回去

写诗可使梧桐树开花

庞 娟

下雨时写诗，可使梧桐树开花
给黑夜提供有颜色的呼吸
给窗户梳理栖息珍珠的头发
给体温高的灵魂提供阿司匹林

闻到了它的气味。
像橄榄林、月光、麦子、樱花
人间大踏步赶来，让路灯、树木
贴着地面飞。

我在哪里？河流的走向去了哪里？
在一段历程里，雨始终没有释放信息
只看到远方可爱的朋友
穿着体面，提着一袋子的呼唤回家

一只会讲故事的猫

苏小青

我们已经十天没下楼了
台阶生出小河，淹没从前的脚印
他把你送来，短腿猫
你怀揣万水千山的母语
万物丛生的鬼主意
我手上有孤独的纹路
一杯咖啡，和一只

秋天惶恐不安的虫
这么远我们的气味融合
你也经常说：
"嗯，孤独真是享受啊。"

空白纸

横

会找到·
后会消磨掉该
消磨掉的

不管
是什么
会
慢慢地确立
阴影

相信它

在什么什么
和什么

这三者关系中

会
建立起
支撑

三角形的

相信并
认可

接纳仿佛

松开

在一小段空气

里

在手掌上

抓住

午后小歇在

树荫下的

光斑

烟已熄灭，里面的人沉默不语

霍小智

在刚刚学会酗酒的年纪写出的
每一首歌曲都有浓烈的辛辣那些
不怎么熟悉的人们只是相伴
坐一小会儿就能抹去浮于表面的
孤单直到所有下沉的都沉入
心底所有倾吐都造起高墙手中的
烟已熄灭里面的人沉默不语

大海的脾气

杜庆忠

有人对着大海呼喊
大海不屑一顾
有人在沙滩上跪拜
大海也不屑一顾
有人纵身跳入大海
大海把他的灵魂推到天上
有人站在高高的礁石上
咒骂大海
大海微笑着卷过来
把他紧紧地抱在怀里

雨中的鸟

牟瑞妮

小院的雨是轻的
在屋檐，发出
好听的声音，沾了雨露的
鸟鸣，更是惬意
它们让我想到
一群踏春的孩子

眼神明亮
为一场意外的相遇
而欢腾，而再次热爱

一滴水

吴昕孺

它不是波浪，而是一粒
云的果实
云不是一棵树，没有干、枝、叶
也不开花，偏偏
结出这样一种细小的果实

它组成河流、湖泊和大海
并让自己消失
它制造波浪，然后让波浪
淹没自身，只剩下
一条条露出金色背脊的鱼

鱼的梦想是钻入一滴水中
变成果核，由于没能
掌握将腥味转化为
甜蜜的诀窍，而终生遗恨
无数鱼穿行于水，它们敲不开一滴水的门

天山姑娘

欧阳黔森

不知你是阿瓦古丽
还是阿拉木罕
我只知道
你是天山姑娘

你的眼睛
像天空一样地蔚蓝
你的舞姿
像仙鹤一样地轻盈

天山脚下听见你的歌声
格桑花中望见你的笑靥
我就是你身旁的一只小绵羊
你不要为我咩咩地叫
皱起眉头
我只是在欢乐地呼唤
召来的哪怕是
一阵阵皮鞭的响声

痛只在我身上
甜却上我心头

在南宅子

李　冈

时光开始泛旧。
人们各归其位，像小鸟各自回到
明朝的笼中
读书人打开了线装的书本
官员取下了头顶的花翎
小姐空坐在阁楼，等待丫鬟递送吊篮
……

似乎一切都在动词中呈现
似乎从东厢到西厢之间藏着一条暗河
流淌着贵族的血脉

毛地黄已绕过阁楼，跃上屋檐
它表达情感的方式只有一种：
将叶留在官府
将花留在民间

2013年 中国 诗歌排行榜

写给自己的墓志铭

老　巢

某年的今天

某些人路过某地

看到一块墓碑

其中某个女孩停下脚步

并读出声来

话音刚落

刚才还阳光灿烂的

天空大雨如注

那碑和刻在上面的句子

有闪电划过——

这个死鬼

终于烂醉如泥

回　忆

朱家雄

宁静就是黑暗

我宁静如水

记忆就在黑暗中燃烧

火光，莫名的耀斑

无数遥远的星光

鱼儿在夜色的河里游动

往返的路迷失在丛林里

幽深的隧道直抵昔日的光阴

房　间

王　琦

不想把自己封闭起来，把所有的不快

推卸给小小的房间，窗外阳关明媚

农夫已经耕田。

蜜蜂与我一样，从自己的蜂箱里爬出

一个冬天的梦刚刚苏醒，鼓动着翅膀

鲜花还未盛开。

雪　禅

韩闽山

坐在云里的神仙
睁不开醉眼
葫芦里的丹药和酒
都已敬献人间

山谷里的寺院敞开着庙门
尖利的冰凌挂住檐角
窗口映照的身影
是将寝的僧人在熄灭灯光

夜色陪伴寂静的旷野
树梢上弹起的飞鸟
逃向天空，枯枝锋利
是猎手偷偷张开的箭矢

我说出的孤独
并非整个世界的
我多次欲言又止的幸福
并非一个人的……

喂鸟人

桂 杰

我妈就是那个神秘的喂鸟人
她把长了虫的小米
拿到公园一角
抛撒下去
然后潇洒地转身离开
几天后
她怀揣秘密重新回到那里
地面上干干净净
不见黄色的小米
母亲听着枝头的鸟叫声
特别满足

葬 夜

王旭明

今晚决定
葬夜

将她的双眼合上
发现泪珠

从眼角渗出

排成一列

将她的寿衣穿好

发现纽扣

没有一个能扣上

七扭八斜

夜在棺椁中

灵车上了街

月亮在前方开道

星星簇拥在周围

穿过田野

推进灵堂

咦，竟无一人

无一点音响

一级一级台阶

一步一步告别

把夜推进了火炉

瞬间成炭

成灰

灰飞烟灭

今晚送夜

别夜

葬夜

以及那

最后的一瞥

找到源头的人是幸福的人

仲诗文

米磨好了，园子里的蔬菜刚浇过水
孩童们玩耍刚回来，他们饿了。

祖母已逝。我已教会孩童怎样点上灯盏，
他们跪着。灯火小了，就将灯芯往上拨一拨。

园子里的花开了，饭已做好，起来吧，孩子。
世间最大的荣耀就是茄子熟了，青瓜那么坦然。

碎　片

青山雪儿

我不认为，它是最薄的
那一块瓦片
我们似曾相识，却
从未在黑暗中相互对峙
它只能是语言
被我摔碎于
同一块石板上

渐渐暗下来的河边

叶菊如

下雨了——

一群水鸟：急急落在树木的高枝
仿若一叶扁舟没入天际

一截河灯：谁的眼睛
在雨中亮得执着

一块大石：搁在空旷的高处
不说来世，只说今生

这是六月
当骤雨，带来一地面黄叶的书信
渐渐暗下来的河边
还有一个人：心怀喜悦

初 雪

黎 权

我于灰色的天底
迎迓摇曳而来的雪绒

我在寂无人声的山谷
等你脱下晶莹皎洁的斗篷

清香木屋，你穿窗而入
住进我的心中

人的哪一个器官，在不断地生长

王 迪

赤裸的个体
请脱离伪装看看自己
身上所有的器官，哪一个在无休无止
生长的命，赋予叶片和花茎
每一节的绽放，都离不开不断的性情与超度
握紧氛围的尺码
探究面对的根深和蒂固
这个器官，是你的双眸
只要停止伸延的手不去蒙住

井水一直在澄清自己

高　梁

通往水井的路被荒草盖住
被暴雨冲出道道沟壑

熟悉的道路，如今需要探寻
暴雨携来的泥沙与井中泛起的沉渣
搅在一起　井水在一遍遍
清洗它们　我逐渐获得平静

我只想看一眼老井
却沉入了自己的内心　这一次
乡村的寂静　不再让人感到窒息
井中的泉水在宁静中翻涌

泥沙沉底　草屑顺着井沿的豁口转出
井水一直在澄清自己
人生中没有了生的焦虑
井水中没有了雨水的味道

通向水井的道路荒废了
早晚会消失　在那里
水兀自清澈
青草兀自茂盛

乌鸦之三十二

马　累

一场可能的雪究竟能
带来什么？河道里
冰凌在渐渐加厚，如
人性的帷幔。掀开，
就会暴露那么多新鲜的
伤口。而长时间闭合，
又会损害生活的意义。
也许，乌鸦就是在这样的
矛盾中被逼疯的。
昨天傍晚，它竟然鸣叫出
那么悲恸的曲子，
并在今晚开始蔓延。
而我，尚未确定自己的
操守，所以也并未活成
自己想活的样子。
我终究是一个看客，
比不上大雪中那些芦荻：
冰凌上面的部分不曾低头祈求，
冰凌下面的部分死死地
抓着黑暗的淤泥。

我的内心下过无数场雪

夏　露

我坐在温暖的房间

看着窗外的秃树

落叶已经化为尘土

永不归来

我是知道的

但我回避这些

更愿意跟你谈起去年春天

它们妩媚的神情

以及带给我的无数欢欣

我的内心下过无数场雪

把青春一段一段掩埋

我不愿去想那些寒冷

我只记住

你曾轻抚我冰凉的前额

用最温柔的声音

为我唱起一首古老的船歌

我愿意

用世间的珍宝

留住那些幸福的感觉

高级灰

幽 燕

后现代气质，不刺眼
和任何颜色没有冲突
元素复杂，调和纯度偏低。
适合写字楼外墙内饰
轿车烤漆、会议室布面沙发。
适合不明朗的局面、议程
有用没用的发言。
深谙道路与墙壁的关系
与缜密的心思和分寸毫无违和感。
拒绝鲜艳，绝不明亮
在看不见的漩涡里出没
带着书卷的尾音

卑微是彻底的，而不是名词

百定安

如果说我过着草根般生活，倒也不算。
（"草根"是个严肃的词。）
如果说到沙土里不断扩大的卑微，说到它
以一己之力抓紧大地

仅仅是为了求生而不是
把大地连根拔起
我，就是。

我要白发苍苍地爱你

郭　羽

白发苍苍的时候
我要与你一起虚度
所有鸟鸣唤醒的清晨
阳光明媚的午后
还有，安逸温馨的黄昏

我们要一起抒写
一段老得走不动的爱情
让每一根白发
都深刻铭记
那些年轻时跌宕起伏的故事

我要白发苍苍地爱你
像现在一样地似火浓情
即便
凝视的眼神已渐渐模糊
笑起来，额头已爬满皱纹

所以　从现在起

我努力锻炼身体

争取活到100多岁

陪着你慢慢前行

看，世界更多的风景

亲爱的，只要能继续与你一起

等待夜空中最亮的那颗星

我愿意

用我衰老佝偻的身躯

为你阻挡风雨

我发誓，会在白发苍苍时依然爱你

就算老得掉光了牙齿

我还要毫不犹豫地吻你

用这个动人的姿势

来点燃一切甜美的回忆

墓志铭

宁延达

没有一颗星星不曾陪过我

没有一颗星星　不曾仰望过我

它们是爱我的

白天用来赶路

晚上　坐在黑暗中读我的诗

在西去的列车上

海 湄

他年轻，空空的裤腿
随着车厢摆动，他似乎还在憧憬
他看不到有人绕过他的双拐
把眼神横在过道里
他叙述死和战争
他把沉默丢在时间面前
像忧郁的英雄

他说，来自死亡的威胁
在咫尺内吞噬与崩裂
我凭空感受着血液
我谁都看不到
可我听到她在整理我的尸骸时
很小声地告诉自己
她在救赎

天体浴场告白

游 华

向大自然尽情表白
裸露自己的思想
不遮掩任何一点瑕疵观点
用曼妙的胴体语言
在沙滩上演绎人生的感悟

不惧怕商人全身散发出令人窒息的铜臭味
也不恐惧戴着面具露出欲火的双眼
更不拒绝那些口腔病患者喷射而出的子弹
在暗处窥视的镜头算得什么
这个世界你带走不了什么
怎么的来就怎么的去

谎 言

朱建业

那年　母亲四十五岁因病离世
外婆七十岁
为了不让老人难过
亲友们对她隐瞒了噩耗

当外婆埋怨母亲为什么不去看望
大家都找无数理由解释
外婆在谎言中生活了十二年
直到仙逝
母亲也在外婆的埋怨中
多活了十二年

琴

惠海燕

风
吹醒了我的头发
我骨骼里
铮淙的流水
一个柔软的音节
从我的嘴唇
跳跃到
我的脚趾
仿佛我是一道
可以弹奏的瀑布

棉　花

彭家洪

我曾多次在诗中

赞美我的母亲一样

赞美过她

她依然一副旧模样

穿着简朴的农家衣服

站在田野的夕光里

叶片布满了尘世的泥土

稀疏的花朵

仿佛母亲

混浊的目光

几个晚秋的棉桃

和母亲的乳房一样

无力地耷拉着

今天，我在一个

异乡的秋天

与她重逢

想起来了

徐汉洲

想起一个人
想得满头大汗
想一把蛛丝马迹
搭建一个故事的轮廓
但面容始终朦胧
像在雨中擦玻璃
想起来那双眼睛
睫毛像两排哨兵
马上要走分列式
想不起来那些纽扣
是怎么开的
反正就这样开了
反正就这样开了
我的胸口仍然炙热
手指像十根铁钎
很不灵活
想起来了
你骂我好笨
声音像蚊子叫

失 踪

沉 戈

一首诗，写完了
将诗稿往诗集中一夹
就再也找不到了

一本诗集，翻了翻
又随手往书架上一放
就再也找不到了

找不到了，甚至
找不到自己
一个诗人，就这样
悄然失踪了

二 月

水 尘

群峰之巅，鹰在墓碑前守候
羊依岩眠，石头开花
踩雪进山的人，试图收藏故事
你们的路上，怎能见到我的悲伤

你们的宴席之远，我在隔壁陪着自己
骨头，被你们熬成了汤
羊群，被刻进石头
我要的正午，成了别人的暗箭
我要的清净，步入子夜的小摊
我要的二月，被烟花描绘成盛大节日

我和他们，隔山而居
那边集体狂欢，这边独身清吟
我宁愿放弃红梅遍山，牛羊万千
只等你身披白雪，骑马而来
给我的茶杯里，添个人影

狂风中的芦苇

庞俭克

芦苇的身子弯得很弯　很弯
在这湖畔灿烂的阳光下

狂风一阵紧似一阵
蛮横无理　突如其来

芦苇一次次挺起身来
以比大风更大更强的力
出鞘　一剑封喉

白茫茫一片

芦苇从不有意亮剑

除非遭遇强暴

压　力

普　元

从江油诗会返回的路上

我和两个写诗的女儿

说起李白24岁

仗剑出川，远游四方

他的商人爸爸出金30万

给他做盘缠

女儿问我

这30万相当于现在多少钱

我说有人算过账

按当时的物价

可以买下30万石大米

1石是150斤

也就是4000多万斤

约合现在1个亿

说到这里

我和孩子们都沉默了一下

望田野

王馨梓

我怀念但不赞颂——
细细的田埂，苜蓿花，赤脚放牛娃
叠影似铺开佝偻田间的爸爸妈妈

我不赞颂但享受——
电灯电话，白墙红瓦，水泥阡陌走万家
机器轰轰喇叭声声村庄日益现代化

感谢春繁夏盛秋沉冬旷的村庄
感谢循环往复无穷无尽的人间

我们在拥抱什么

微雨含烟

琴声似在包围什么，至少是我
在它颤抖的音色里
成为那个起伏的事物。太多
被忽略的东西，浮现出来
商量好一样，引起我的愧疚
很多事情只在开始，你回头时的眼神

最好只定格在
那时的风中，而不是
穿过许多年，你已老了
眼神还是当年的
这是不是有些过分？
我一再提起从前
比如去年，比如八月之前
鱼从江水里起身
鱼从船只的下面
游入它们的世界

遇 见

王爱红

她看到我
就在这一刻
我认出了她

她骑着一辆自行车
行走在阳光的大道上
阳光像一串脆耳的铃声
在骄阳下
她似乎是那朵蔫了的花
遇到了甘霖
又一下支棱起来
把枯萎的叶子也甩到身后

她在笑
她走得比风还快
我想喊她
哪怕是一声
嗨——
因为
我根本不知道她的名字

我只记住了她的影子
像一片刚刚坠下来的
新鲜的树叶
继而
如一团火
在燃烧

活着的农具

周伟文

父亲死了
他用过的农具
会替他再活一些时间
水车，扮桶，箩筐
和父亲一样命薄
很快腐朽了
铁打的锄头，犁铧

斧头，刀子，锈迹斑斑

（像父亲晚年的脸）

还在顽强地活着

那把砍柴的刀

每年清明节

磨一磨，又会亮出锋利

父亲坟头

丛生的灌木和杂草

砍得一根不留

大海只是虚幻的目标

连占斗

我沿着河岸奔走

累了就停下休息

欣赏两岸的夜景和流水

走走停停

仿佛时光任由支配

河水也沿着河流奔走

从来不停下脚步

它们看见我停下休息

就喊出哗啦啦的叫声

要我永不停息

认为时光就像它们一刻也不能中止

2018年 中国诗歌排行榜

哦，这些粼光闪闪的河水
真的马不停蹄
不知操劳，不舍昼夜
我担心它们会疲劳过度
会跌倒在路途之中
大海只是虚幻的目标

天花板上的路

梦　野

我躺在床上
夹在年月的隙缝里　一动不动
可我走了无数里路

无数里路
沙尘飞扬　牵着我的视线
奔跑在天花板上

我听到顶灯的叹息声　沾着雨
愈来愈粗重
整夜　我忙个不停
去捡拾绊过脚的
一块块石子

白

马端刚

笔尖轻轻划过白纸
一起一落，诊断书记录你白色的轨迹
你面色苍白，头发花白
从白色村庄，到茫茫草原
像一只白色的鸟
孤独地飞，坚强地笑
告诉孩子们清白地做人，干净地做事
你倒在了白色的雪地
从此与白色药片成为兄弟
终于有一天，白衣天使把你推出了病房
窗外白雪皑皑
你停止了白色的呼吸
白色大地留下了白色思念

那头即将被宰杀的牛

黄长江

那头牛将在我的梦中被结束一生
它是一头黄牛　毛色却有些棕黑
它长得很壮　嘴筒子都壮得

肥圆肥圆的　很结实

牵着它的妇人是它的主人
要屠宰它的也就是这个妇人
妇人一边抚摸着它的头颅
一边将一个长满铁锈的用钢筋
弯成的半圆环形东西向它嘴筒上扎去

把它的两瓣嘴巴紧紧地扎固到一起
它一点也不叫一点也不挣扎呢
好像是在给主人报恩或者早就明了
这是受到主人一生的优待应得的报应
但我觉得它在想　主人在吃谁的辛劳呢

河

王国伟

我相信她来自天上
如今潜沉在草根之下，绿叶之旁

而在我低头的一瞬
她已飞升到白云之上

编后记

走向户外，创造新的诗歌文明

周瑟瑟

　　我在墨西哥写这篇编后记，窗外是巨大的古堡建筑与教堂的尖顶，我突然和国内的诗人们保持了半个地球的距离，我站在西方和东方之间，此刻，地球上有多少人在写诗，有多少人在谈论诗歌。2018年中国诗歌经历了什么？我们经过了百年中国新诗的时间拐点，对于专注于自己的写作的人来说，所有的纪念都是多余，所有逝去的背影，给予我们的应该是新的道路。

　　我穿行在墨西哥城，兴奋地辨认古老的文明。墨西哥和中美洲危地马拉的太平洋海岸是玛雅文明的发源地，玛雅人认为每隔52年来一次轮回，所有的建筑被覆盖后重建，在玛雅人的观念里，死是生的开始，生与死如同朝露一样短暂。

　　由此我觉得中国人把生与死看得太重，我们把诗写得太重，我们做诗人做得太像了，我越来越觉得屈原、杜甫身上担负的诗歌文明，我们未必就要一直这样担负下去。

　　在西班牙语环境下，我有语言的孤独，但作为一个中国当代诗人，我更深的孤独来自西方眼里只有中国古代诗歌，而中国当代诗歌只是西方诗歌语言变种的分支。墨西哥诗人帕斯年轻时就翻译过中国唐宋诗歌，而另一个墨西哥诗人塔布拉达，他在1945年就过世了，他写过题为《李白》的诗，此人是西班牙语先锋诗歌的先驱者之一，他将中国题材引入拉美诗坛。而我们当代诗人做了什么？中国当代诗歌有什么值得西方诗人学习的？仔细想想，应该没有。我们翻译了诸如《太阳石》，他们翻译了李白、杜甫。而我们与李白、杜甫隔了多少年，我们还只能跟西方谈李白、杜甫，无法谈中国当代诗歌，我们硬要谈的话，谈的是西方诗歌语言经验下的中国写作。所以，我虽然在墨西哥连续做七场演讲与朗诵，但我只能谈"从屈原到父亲，走向户外的写作"，我甚至怀疑自己不应该在西方谈论中国当代诗歌。

这是一个痛苦的隐私，中国当代诗歌集体的隐私，我们谁也不愿意面对。我不知其他中国诗人来西方是如何谈论中国当代诗歌的，难道谈我们如何沿着西方的诗歌道路走了一百年？我也不知道莫言如何在西方谈论他"中国版的《百年孤独》"的写作，五六十年代出生的中国先锋作家身后都站着一个西方大师，而中国当代诗人背后站着一大波西方诗人，难道这就是中西合璧式的一百年的中国经验写作？

我的怀疑来自我置身在六十多位各国诗人包围的第七届墨西哥城国际诗歌节，如果在国内的诗歌节，就是我们包围各国诗人，其实我们只是用汉语包围他们。而西方诗人来到中国，他们也只会谈论中国古代诗歌，是李白、杜甫包围他们，我们只是看客，只是李白、杜甫的后人。

我们没有创造出中国当代诗歌文明，我们只是在做西方当代诗歌的中国版。一年又一年编选中国诗歌排行榜，我发现我们在制造自我的狂欢，我们每个人的写作已经相对独立，但整体放在一起，构不成一个强大的中国当代诗歌。一小撮实力雄厚，态度端正，另外一小撮势单力薄，松松垮垮，这一小撮与另外一撮合在一起，强大的与弱小的就拉低了整体的当代诗歌。

中国当代诗歌由保守、落后、愚蠢的诗人与激进、先锋、睿智的诗人写成，两股诗人写出完全相反的诗歌，好诗与坏诗，好诗人与坏诗人，完全可以实现可怕的反转。但在我看来好坏并不难认定，激进、先锋、睿智的诗人就在眼前，他们大声呵斥保守、落后、愚蠢的诗人，嗓门越来越大，拳头越来越紧，脚步越来越快，如此这般，大有扭转中国当代诗歌整体平庸之势。

《2018年中国诗歌排行榜》依然坚持去年的体例，整体性观察今年各路不同出生年代、不同写作方向、不同诗歌观念的诗人的写作状况，变化主要体现在当代诗歌的写作方式上。我在这次墨西哥城国际诗歌节与墨西哥国立自治大学的演讲主题为"从屈原到父亲，走向户外的写作"，我所说的"走向户外的写作"，我认为是中国当代诗歌最明显的变化。

有人把"走向户外的写作"看成一种浮躁的坐不住的写作，这是一种极其外在的错误的理解，我不这样看。只有走向户外，才能摆脱庙堂的囚禁，才能找到独立的自己。只有走向户外，才能获得语言的解放，才能开辟新的当代诗歌的道路。

　　我来墨西哥之前，蒙特雷新莱昂州自治大学的范童心老师给我打来电话，讨论我这次的演讲主题"走向户外的写作"的翻译。她转达了西班牙语译者的三种理解：来到大自然的写作，精神解脱的写作，桥梁纽带式的写作。我告诉她直接翻译更好。就是从家里走向户外的写作。西班牙语译者所理解的并没有错，甚至更有寓意与高度，那是这句话字面意思之外所要传达的诸多意思。

　　"走向户外"意味着什么呢？意味着打开了一个我要亲自参与其中的世界，没有到墨西哥之前，我不可能写出关于墨西哥的诗歌，我无法有想象的变通。我是一个笨拙的诗人，我必须来到诗歌的现场，写现场的诗，并且我笨拙到还必须在现场写，离开了现场我就会认为诗僵死了，不新鲜了。我喜欢热气腾腾的诗，不喜欢冷冰冰的诗。

　　墨西哥诗人马加里托·奎亚尔写了一系列他在中国的诗歌，就是热气腾腾的诗歌，他由墨西哥走向了中国，还有于坚、沈浩波等中国诗人，他们来到拉美都写下了关于拉美的热气腾腾的诗。每个诗人的写作方式会有差别，而我的方式是在现场写，离开现场后只做微略的字句的调整，或者把写得不好的诗干脆丢弃。别的诗人大多数时候还是要从户外回到屋子里写，我称之为回忆式的写作，这种方式是把现场看到的通过回忆写出来，这是一种常规的写作，大家都习惯于这种写作。我却越来越习惯于在现场，并且是一次性完成的写作，我甚至认为通过修改尤其是反复修改的诗歌，还有那类加入了现场之外更多东西的诗歌是虚假的诗歌，是不忠于现场你第一眼看到的诗歌。

　　我们通常都在写事后作假了的诗歌，并且认定那才是正常的写作，但我不习惯于那样的写作了。我有30多年都那样写，现在不了，我必须走向户外，在户外写作，这与我的内心变化有关，我害怕自己不真实，我害怕离开现场后我的追忆会失去现场的第一感觉，我把事后的感觉称之为死的感觉。

　　中国古代诗人就是这样写作的，李白、杜甫他们这些诗人都是不断走向户外，从庙堂走向荒野，他们流传下来的诗歌都是这样写作的结果。行走在户外比我身处四周是墙壁的家里要自由。好在我的书房面对着一片树林，我的写字桌下面就是几棵大树，否则我会闷死。所以我说西班牙语译者想到的"精神解脱的写作"太对了，从肉身到精神的解脱，就是"走向户外的写作"，我还要强调这就是：从修辞的写作走向现场的写作，从想象的写作走向真实存在的写作，从书斋的写作走向生活敞开了的写作。但不是被降低了要求的现实主义写作，更不是身体游动的旅行写作（许多诗人可恶地称之为

"旅游诗"），而是"精神解脱的写作"。

　　不管是古代诗人，还是当代诗人，不管是墨西哥诗人，还是中国诗人，我们都有被囚禁的写作经历，首先是语言被囚禁，我们要从一个被传统囚禁的语言系统中解脱出来，找到一个活动的有生命创造力的语言，诗人是创造语言的人，没有语言的变化就是僵死的诗歌。然后我们要走向自由，不自由的写作是我们自找的，我们习惯于守旧的写作，不敢走向户外，不敢脱离书本，走向户外意味着离开了现成的知识体系。因为户外是全新的时刻在变化的体系，是自由的户外世界，你必须要适应户外的自由，庙堂里的禁锢被打破了，你面对的是完全自由的诗歌体系。这里不是指大自然的景物，而是一个敞开的世界，无限可能的世界，它不在原有的体系里，它是永远自由的不断变化的，所以要把"走向户外的写作"看成一种走向自由写作的路径。

　　通过走向自由的写作，创造新的诗歌文明。封闭只有死路一条，我们这一百年做了一件事情：封闭我们的诗歌语言体系、诗歌观念体系与诗人写作、生活方式。现在的问题是在封闭这条路上，我们形成了一个强大的诗歌写作、评价与抵抗同盟，而把开放的走向户外的自由写作视为抵抗的目标，也就是还要在下一个中国新诗的百年，加固与修建更加强大的抵抗同盟，从封闭走向封闭，从复制走向复制，中国当代诗歌在封闭与复制的空间里打转、倒退和自我陶醉、自我表扬、自我安慰。

　　今年我们的年终总结，没有针对具体的诗人，而是针对中国当代诗歌的整体，针对我们面对世界诗歌时的不诚实的心态。玛雅人把52年看作一个轮回，把死看成生的开始。为什么我们不敢向死而生，我们不敢走出那个封闭的铁屋子，走向户外，去创造新的诗歌文明呢？

2018年10月18日于墨西哥城